16	3	2	13
5	10	11	8
9	6	7	12
4	15	14	1

Coleção LESTE

Fiódor Dostoiévski

O CROCODILO
e Notas de inverno sobre impressões de verão

Tradução, prefácio e notas
Boris Schnaiderman

editora■34

EDITORA 34

Editora 34 Ltda.
Rua Hungria, 592 Jardim Europa CEP 01455-000
São Paulo - SP Brasil Tel/Fax (11) 3811-6777 www.editora34.com.br

Copyright © Editora 34 Ltda., 2000
Tradução © Boris Schnaiderman, 2000

A FOTOCÓPIA DE QUALQUER FOLHA DESTE LIVRO É ILEGAL E CONFIGURA UMA
APROPRIAÇÃO INDEVIDA DOS DIREITOS INTELECTUAIS E PATRIMONIAIS DO AUTOR.

Edição conforme o Acordo Ortográfico da Língua Portuguesa.

Títulos originais:
Crocodil e *Zímnie zamiétki o létnikh vpietchatlêniakh*

Imagem da capa:
A partir de xilogravura de Oswaldo Goeldi, 1937
(autorizada sua reprodução pela Associação Artística Cultural
Oswaldo Goeldi - www.oswaldogoeldi.com.br)

Capa, projeto gráfico e editoração eletrônica:
Bracher & Malta Produção Gráfica

Revisão:
Adrienne de Oliveira Firmo, Alexandre Barbosa de Souza

1ª Edição - 1961 (José Olympio), 2ª Edição - 1992 (Pauliceia),
3ª Edição - 2000 (4 Reimpressões),
4ª Edição - 2011 (4ª Reimpressão - 2024)

Catalogação na Fonte do Departamento Nacional do Livro
(Fundação Biblioteca Nacional, RJ, Brasil)

Dostoiévski, Fiódor, 1821-1881
D724c   O crocodilo e Notas de inverno sobre
impressões de verão / Fiódor Dostoiévski; tradução
de Boris Schnaiderman — São Paulo: Editora 34,
2011 (4ª Edição).
168 p. (Coleção LESTE)

ISBN 978-85-7326-186-8

Tradução de: Crocodil / Zímnie zamiétki o létnikh
vpietchatlêniakh

    1. Literatura russa. I. Schnaiderman, Boris.
II. Título. III. Série.

CDD - 891.73

O CROCODILO
e Notas de inverno sobre impressões de verão

Prefácio do tradutor 7

O CROCODILO
O crocodilo 13

Os rascunhos para O crocodilo 63

NOTAS DE INVERNO SOBRE IMPRESSÕES DE VERÃO

1. Em lugar de prefácio 69
2. No trem 77
3. E inteiramente supérfluo 83
4. E não supérfluo para os viajantes 105
5. Baal 113
6. Ensaio sobre o burguês 125
7. Continuação do anterior 139
8. *Bribri* e *ma biche* 153

As traduções deste livro baseiam-se nas seguintes edições russas: *Obras reunidas* (*Sobránie sotchnienii*), em 10 volumes, de F. Dostoiévski, Editora Estatal de Literatura (Goslitizdát), Moscou, 1956-1958, e *Obras completas* (*Pólnoie sobránie sotchnienii*), em 30 volumes, publicada pela Academia de Ciências da U.R.S.S. (Editora Naúka — Ciência), Leningrado, 1972-1990.

PREFÁCIO

Boris Schnaiderman

Os dois escritos de Dostoiévski incluídos neste livro — *Notas de inverno sobre impressões de verão*, redigido no inverno de 1862-1863, e *O crocodilo*, 1864 — estão marcados muito diretamente pela sua atividade jornalística. Esta marca, aliás, é típica de toda a sua obra. Basta lembrar neste sentido um dos grandes momentos de *Os irmãos Karamázov*, o capítulo sobre as crianças supliciadas (livro V, capítulo IV, "A revolta"), onde, depois de relatar uma série de ocorrências de crueldade com crianças, tiradas do noticiário dos jornais, Ivan diz ao irmão: "Não é Deus que eu não aceito, Aliócha, apenas eu lhe devolvo com todo o respeito o bilhete de ingresso", isto é, ingresso num mundo de tanta impiedade. De fato, este trecho é um dos momentos culminantes da reflexão de Dostoiévski sobre a harmonia universal e liga-se evidentemente com a sua indagação: será lícito construir essa harmonia à custa de uma lágrima de criança?

Esta posição explica sua aversão a qualquer mudança do estado social vigente, pela força.

Fica evidente, pois, a relação do jornalístico e imediato com uma reflexão lancinante sobre o homem e a sociedade. (Daí a presença constante de Dostoiévski nas discussões que houve, quando se procurou na Rússia, sobretudo a partir de 1985, retomar a ênfase no humano e individual.)[1]

---

[1] Tratei desse tema de modo um pouco mais desenvolvido no ensaio "Dostoiévski: a ficção como pensamento", *in* Adauto Novaes (org.), *Artepensamento*, São Paulo, Companhia das Letras, 1994.

Na época da publicação desses dois textos, ele estava trabalhando com o irmão Mikhail, que dirigia a revista *Vrêmia* (*O Tempo*). Depois que esta foi fechada pelo governo, Mikhail conseguiu, após muitas promessas de bom comportamento político, autorização para fundar uma nova revista, *Epokha* (*A Época*). *Notas* apareceu na primeira dessas publicações; *O crocodilo*, na segunda.

Essas revistas defendiam uma posição muito cara a Dostoiévski, o *pótchvienitchestvo* (de *potchva*, solo). Havia então, nos escritos jornalísticos do romancista, uma defesa apaixonada das raízes nacionais, populares, das quais o intelectual não deveria afastar-se. Nisto, evidentemente, os irmãos Dostoiévski aproximavam-se dos eslavófilos, na grande polêmica entre estes e os ocidentalistas, mas, ao mesmo tempo, tinham posição independente e dirigiam suas críticas a ambos os campos.

O fechamento de *Vrêmia* se dera por causa de um artigo de N. N. Strakhov, que nela se publicou e no qual se criticava a repressão violenta da rebelião polonesa de 1863 pelo exército russo; Mikhail Dostoiévski não faltava, porém, à verdade quando, em suas andanças para conseguir que o autorizassem a fundar uma nova revista, apresentava declarações escritas onde manifestava apoio à política do regime czarista. E o próprio Fiódor Dostoiévski não tinha motivo para discordar do irmão, por mais que a intelectualidade revolucionária ficasse chocada com o que parecia uma reviravolta brusca naquele egresso dos trabalhos forçados na Sibéria, acusado de conspiração, e que passara pelo trauma de ser amarrado ao poste de execução, antes que fosse anunciada a comutação de sua pena de morte.

Não foi por acaso que o grande pensador político A. I. Herzen, depois de visitado pelo romancista em Londres, escreveu numa carta, em 17 de julho de 1863: "Dostoiévski esteve ontem em minha casa. É um homem ingênuo, um tanto confuso, mas extremamente simpático. Acredita com entusiasmo no povo russo". Aliás, mais tarde, o próprio escritor haveria de recordar a ingenuidade de suas posições na época.

Vistas à distância, elas parecem ainda mais ingênuas. Mas, ao mesmo tempo, quanta clarividência no seu modo de ver o mundo e a sociedade! Seu relato sobre a Europa Ocidental, na primeira viagem que realizou por aqueles países, é completamente sarcástico, sardônico. Evidentemente, por mais que veja o mundo ocidental, sua atenção está fixada na Rússia, suas preocupações centram-se nos destinos do seu povo. Por isto mesmo, seu olhar é o de alguém de fora, um olhar muito marcado pelo estranhamento.

Nas *Notas*, Dostoiévski se dirige aos seus leitores num tom familiar, de confidência, sempre na expectativa da palavra alheia (num sentido bem bakhtiniano). A visão negativa do Ocidente baseia-se em fatos reais, e sua argúcia permitiu-lhe ver algo que se tornaria mais flagrante com o passar dos anos.

Assim, no final do capítulo 5 ("Baal"), ele aponta para o burguês de Paris, que ao contrário do inglês, então em plena euforia colonialista, esconde os seus pobres e apresenta ao mundo uma cidade muito limpa e bem cuidada. Dostoiévski o compara ao avestruz que esconde a cabeça para não ver "os caçadores que o estão alcançando". Parece dizer: "Aqui é que vão acontecer coisas!". E isto oito anos antes da Comuna de Paris! Realmente, temos aqui uma confirmação do caráter profético da arte, tantas vezes apontado.

E que visão dantesca ele nos transmite da cidade capitalista! Violenta e muito mais demolidora que a de Dickens diante dos mesmos panoramas humanos. Aquele flagrante da menininha prostituída, agarrando-se à moeda que recebera, tem algo de clamor desesperado. E isto pode parecer surpreendente num escritor que não acredita numa revolução socialista e tem uma fé cega em seu povo, em seu país, cujas instituições políticas ele nem pensa em contestar.

Prefácio

Já *O crocodilo* é um conto inacabado no qual, a par de uma sátira impagável da burocracia (diante disso, soa bem ridículo o clichê que se consagrou sobre Dostoiévski como um escritor sombrio, incapaz de um sorriso ou de uma boa gargalhada), aparece de modo muito ostensivo a polêmica do autor com os intelectuais considerados progressistas na época. Anos mais tarde, em janeiro de 1873, anotaria no *Diário de um escritor*: "... deu-me na veneta escrever um conto fantástico, uma espécie de imitação da novela de Gógol *O nariz*. Nunca tentara até então o gênero fantástico. Era pura brincadeira literária, unicamente para rir. Imaginei realmente algumas situações cômicas, que eu quis desenvolver".

Mas seria tão inconsequente este conto? O cômico irresistível de suas situações acaso se limita a fazer rir? Se ali aparece de modo tão incisivo a posição briguenta de Dostoiévski, é também uma redução ao absurdo, frequente em sua obra, algo muito condizente com o clima de paroxismo que é nela uma constante. Um absurdo que tem realmente muito a ver com *O nariz*, mas, ao mesmo tempo, é um prenúncio evidente de Kafka e dos surrealistas.

Por que Dostoiévski não o teria concluído? Ele se destinava à revista *Epokha*, cuja publicação seria interrompida em março de 1865, o que tornou muito precária a situação financeira de Dostoiévski, responsável pela revista após a morte de seu irmão Mikhail, ocorrida pouco antes. Pode-se supor, portanto, que para o autor a publicação do conto perdera todo o sentido, dada a sua orientação polêmica, a partir das posições da revista.

No entanto, a questão não é tão simples. O volume V das *Obras completas de Dostoiévski*, citadas neste livro, contém rascunhos deste escrito que fazem supor uma continuação ainda mais desenfreada que a parte concluída e publicada pelo autor. Mais ainda: nesses rascunhos aparecem trechos verdadeiramente delirantes, com fantasias de natureza francamente sexual, que, se Dostoiévski chegasse a elaborar para publicação, não os veria aprovados pela censura. Não teria isto contribuído para que desistisse de concluir o conto?[2]

Na minha opinião, apesar das diferenças, há um fio condutor que liga estes dois escritos entre si e com a condensação do filosófico e social que há nas arrasadoras *Memórias do subsolo*, publicadas pouco depois. Acompanhar estes textos em seus aspectos multiformes e compará-los com os grandes romances da fase imediatamente posterior — eis uma proposta de leitura que me parece rica e apaixonante.

[2] Veja-se, na p. 63, "Os rascunhos para *O crocodilo*".

Prefácio

O CROCODILO

Um acontecimento extraordinário
ou Passagem na Passagem[1]

Relato verídico de como um cavalheiro de idade e aspecto conhecidos foi engolido vivo e inteiro por um crocodilo da Passagem, e o que disto resultou.

---

[1] No primeiro caso, a palavra "passagem" está empregada como episódio e, no segundo, refere-se a galeria com lojas. No início da década de 1860, a Passagem de São Petersburgo, onde se passa a ação, e que existe até hoje, continha também salas de conferências, concertos e exposições. (N. do T.)

I

Ohè, Lambert?
Oú est Lambert! As-tu vu Lambert? [2]

No dia treze de janeiro do ano corrente de mil oitocentos e sessenta e cinco, ao meio-dia e meia, Ielena Ivânovna, esposa de Ivan Matviéitch,[3] meu culto amigo, colega de serviço e parente em grau afastado, quis ver o crocodilo que era então exibido na Passagem mediante determinada quantia. Tendo já no bolso uma passagem de trem para o estrangeiro (aonde ia mais para ver as coisas novas que para tratar da saúde), e estando por conseguinte já de licença na repartição e completamente livre naquela manhã, Ivan Matviéitch não só não se opôs ao desejo incoercível da esposa, mas também se abrasou de curiosidade. "Bela ideia", disse com muita alegria. "Vamos ver o crocodilo! Preparando-me para visitar a Europa, não é mau familiarizar-me previamente com os abo-

[2] Em francês, no original: "Eh, Lambert! Onde está Lambert? Você viu Lambert?". Segundo nota de I. Z. Siérman à edição soviética de 1956-58, Dostoiévski deve ter ouvido esta expressão em agosto de 1863, em Paris, onde era então corrente. (N. do T.)

[3] Corruptela de Matviéievitch. No decorrer do relato, o autor substitui quase todos os patronímicos por corruptelas, o que infunde à narrativa um tom familiar e cotidiano. (N. do T.)

O crocodilo

rígenes que a povoam." E, com estas palavras, tomou o braço da esposa e dirigiu-se com ela para a Passagem. Quanto a mim, como de costume, caminhei ao lado de ambos, na qualidade de amigo da casa. Nunca eu vira Ivan Matviéitch num estado de ânimo mais agradável que naquela manhã, memorável para mim. Na verdade, não sabemos prever o nosso futuro! Ao entrar na Passagem, ele imediatamente se pôs a admirar a magnificência do edifício e, acercando-se da loja em que se exibia o monstro recém-trazido à capital, resolveu espontaneamente pagar por mim um quarto de rublo ao homem do crocodilo, o que não acontecera até então. Penetrando na pequena sala, notamos que, além do crocodilo, ela continha ainda papagaios de raça estrangeira, chamados cacatuas, e um grupo de macacos encerrados numa vitrine especial, colocada numa reentrância da parede. Bem na entrada, junto à parede esquerda, havia uma grande tina de folha de flandres, espécie de banheira, coberta por uma forte rede de ferro, em cujo fundo havia cerca de um *vierchók*[4] de água. Nessa poça rasa é que estava um enormíssimo crocodilo, deitado em completa imobilidade, como um pedaço de pau, e que provavelmente perdera todas as suas faculdades ao contato com o nosso clima, úmido e inóspito para os estrangeiros. A princípio este monstro não despertou em nós uma curiosidade especial.

— Então isto é um crocodilo! — disse Ielena Ivânovna, com voz cantante e de lástima. — E eu que pensei que ele fosse... diferente!

Com certeza ela pensou que fosse de diamante. O alemão, o patrão, proprietário do crocodilo, que viera ao nosso encontro, olhava-nos com ar extremamente altivo.

— Ele tem razão — murmurou para mim Ivan Matviéitch —, pois tem consciência de ser atualmente a única pessoa na Rússia a exibir um crocodilo.

---

[4] Medida russa correspondente a 4,45 cm. (N. do T.)

Devo atribuir igualmente esta observação de todo absurda à extraordinária boa disposição que tomara conta de Ivan Matviéitch, que em outras ocasiões era bastante invejoso.

— Tenho a impressão de que o seu crocodilo não é vivo — tornou a falar Ielena Ivânovna, ressentida com a pouca afabilidade do patrão e dirigindo-se a ele com um sorriso gracioso, a fim de domar a arrogância daquele homem grosseiro, procedimento esse tão próprio das mulheres.

— Oh, não, madame! — respondeu ele, num russo arrevesado, e, no mesmo instante, ergueu até a metade a rede de ferro e começou a cutucar com um pauzinho a cabeça do crocodilo.

Então, o monstro traiçoeiro, querendo mostrar indícios de vida, moveu ligeiramente as patas e a cauda, soergueu a carantonha e emitiu algo semelhante a um prolongado resfolegar.

— Ora, não se zangue, Karlchen![5] — disse carinhosamente o alemão, satisfeito em seu amor-próprio.

— Como é nojento este crocodilo! Até me assustei — chilreou Ielena Ivânovna com redobrada faceirice. — Agora, ele me aparecerá em sonhos.

— Mas ele não a morderá em sonhos, madame — retrucou o alemão, num tom de conversa de armarinho, e riu com o espírito das suas próprias palavras; nenhum de nós o acompanhou.

— Vamos, Siemión Siemiônitch — continuou Ielena Ivânovna, dirigindo-se a mim exclusivamente. — É melhor olharmos os macacos. Eu gosto terrivelmente de macacos; são tão simpatiquinhos... e o crocodilo é terrível.

— Oh, não tenha medo, querida — exclamou Ivan Matviéitch, querendo parecer valente aos olhos da esposa. — Este ranhoso habitante do reino dos faraós não nos fará nada. — E permaneceu junto à tina. Mais ainda, apanhando a lu-

[5] Em alemão, no original: "Carlinhos".

va, começou a fazer com ela cócegas no focinho do crocodilo, com a intenção, conforme confessaria mais tarde, de obrigá-lo a resfolegar novamente. O patrão, por cavalheirismo, acompanhou Ielena Ivânovna até a vitrine dos macacos.

Deste modo, tudo se passou admiravelmente e não se podia prever nada. Ielena Ivânovna distraiu-se, folgazona, vendo os macacos, e parecia completamente entregue àquela contemplação. Dava gritinhos de satisfação, dirigindo-se incessantemente a mim, como que não querendo sequer notar o patrão, e dava gargalhadas ao perceber a semelhança daqueles macaquinhos com os seus amigos e conhecidos. Diverti-me também, pois a semelhança era indiscutível. O alemão proprietário não sabia se devia rir também ou não, e por isso acabou ficando de todo sombrio. Pois bem, foi justamente nesse instante que um grito terrível, posso até dizer pouco natural, abalou a sala. Não sabendo o que pensar, a princípio fiquei congelado; mas, percebendo que Ielena Ivânovna já estava gritando também, voltei-me depressa, e o que vi? Eu vi — oh, meu Deus! — vi o infeliz Ivan Matviéitch entre as terríveis mandíbulas do crocodilo, já erguido horizontalmente no ar e agitando desesperadamente as pernas. Mais um instante e desapareceu. Mas eu vou descrever tudo com pormenores, porque passei o tempo todo parado, imóvel, e pude observar o processo que se desenrolava, diante de mim, com uma atenção e curiosidade que não lembro ter sentido em outra ocasião. "É verdade", pensava eu no momento fatal, "se tudo isto tivesse acontecido comigo e não com Ivan Matviéitch, como seria desagradável!" Mas vamos ao caso. O crocodilo, depois de fazer o pobre Ivan Matviéitch girar entre as suas terríveis mandíbulas, de modo que as pernas ficassem voltadas em sua direção, engoliu-as; em seguida, soltou um pouco Ivan Matviéitch, que se esforçava por pular fora e agarrava-se com as mãos à tina, e puxou-o de novo para dentro de si, desta vez até acima da cintura. E, depois de soltá-lo novamente um pouco, deglutiu mais uma vez, e ainda outra. Deste modo, Ivan Matviéitch ia desaparecendo aos nossos olhos. Finalmente, numa tragada decisiva, o crocodilo fez entrar em si o meu culto amigo, inteiro, sem qualquer sobra. Podia-se notar, na superfície do crocodilo, como Ivan Matviéitch, com todas as suas formas, passava pelas entranhas do animal. Já me dispunha a gritar também, mas, de súbito, o destino, mais uma vez, quis zombar perfidamente de nós: o crocodilo fez um esforço, provavelmente engasgando em virtude do tamanho descomunal do objeto engolido, tornou a escancarar toda a sua terrível goela, da qual, na forma de um derradeiro regurgitar, saltou por um segundo a cabeça de Ivan Matviéitch, com o desespero no semblante, e, nesse momento, os óculos caíram-lhe do nariz para o fundo da tina. Aquela cabeça desesperada, tinha-se a impressão, saltara fora tão somente para lançar um derradeiro olhar a todos os objetos e se despedir mentalmente de todos os prazeres do mundo. Mas ela não teve tempo de cumprir este desígnio: o crocodilo reuniu de novo as suas forças, deu uma tragada e, no mesmo instante, ela tornou a desaparecer, desta vez para sempre. Este surgir e desaparecer de uma cabeça humana ainda viva era tão terrível, mas ao mesmo tempo — quer fosse pela velocidade e inesperado do ocorrido, quer em virtude da queda dos óculos — encerrava algo a tal ponto engraçado que eu, de súbito e de modo absolutamente inopinado, deixei escapar uma risada; mas percebendo que, na qualidade de amigo da casa, não me ficava bem rir num momento daqueles, voltei-me no mesmo instante para Ielena Ivânovna e disse-lhe com simpatia:

— Agora, o nosso Ivan está liquidado!

Não posso sequer tentar expressar como era intensa a perturbação de Ielena Ivânovna no decorrer de todo este processo. A princípio, após o primeiro grito, ela ficou como que petrificada e olhava, segundo parecia, com indiferença para a confusão que se desenrolava à sua vista, mas com os olhos desmesuradamente arregalados; logo rompeu em soluços

O crocodilo

lancinantes, mas eu lhe segurei as mãos. Neste momento, o dono do animal, que a princípio também ficara estupidificado de horror, agitou de repente os braços e gritou, olhando para o céu:

— Oh, meu crocodilo, *O Mein Allerliebster Karlchen!* *Mutter, Mutter, Mutter!*[6]

Após este grito, abriu-se a porta dos fundos e apareceu *Mutter*, de barrete, corada, de meia-idade, despenteada e, gritando esganiçadamente, correu na direção do seu alemão.

Começou aí uma grande confusão: Ielena Ivânovna exclamava, qual possessa, uma única palavra: "Espancar! Espancar!",[7] e corria para o dono do animal e para *Mutter*, pedindo-lhes, segundo parecia, e provavelmente esquecida de tudo, que espancassem alguém por alguma razão. Mas o dono e *Mutter* não davam atenção a nenhum de nós: estavam berrando qual bezerros, junto à tina.

— Está perdido, vai rebentar agora, porque engoliu um funcionário *ganz*[8] — gritava o dono.

— *Unser Karlchen, unser allerliebster Karlchen wird sterben!*[9]— uivava a patroa.

— Somos órfãos privados de pão — acudia o dono.

— Espancar, espancar, espancar! — gorjeava Ielena Ivânovna, agarrada ao redingote do alemão.

— Ele estava provocando o crocodilo; por que o seu marido provocou o meu crocodilo?! — gritava o alemão, procu-

---

[6] "Oh, meu queridíssimo Carlinhos! Mamãe, mamãe, mamãe!" (N. do T.)

[7] Neste trecho, há um jogo de palavras, pois o mesmo termo russo que significa espancar indica também o ato de abrir a barriga do animal. (N. do T.)

[8] "Todo". (N. do T.)

[9] "O nosso Carlinhos, o nosso queridíssimo Carlinhos vai morrer!" (N. do T.)

rando livrar-se. — A senhora vai pagar, se Karlchen morrer. *Das war mein Sohn, das war mein einziger Sohn!*[10]

Confesso que eu estava terrivelmente indignado vendo semelhante egoísmo por parte do alemão e a secura de coração da sua desgrenhada *Mutter*; por outro lado, os gritos incessantemente repetidos de Ielena Ivânovna, "Espancar, espancar!", excitavam ainda mais a minha intranquilidade e absorveram-me, por fim, toda a atenção, de modo que até me assustei... Direi de antemão: compreendi completamente ao contrário aquelas estranhas exclamações; tive a impressão de que Ielena Ivânovna perdera por um instante a razão e, ao mesmo tempo, querendo vingar a perda do seu caro Ivan Matviéitch, propunha que lhe fosse dada a compensação de ver espancar o crocodilo. No entanto, ela queria dizer algo bem diferente. Olhando um tanto confuso para a porta, comecei a pedir a Ielena Ivânovna que se acalmasse e, sobretudo, não empregasse a melindrosa palavra "espancar". Pois um desejo tão retrógrado, ali, no próprio coração da Passagem e da sociedade culta, a dois passos daquela mesma sala em que, talvez naquele próprio momento, o senhor Lavróv estivesse lendo uma conferência pública, era não só impossível, mas inconcebível até e, a qualquer instante, poderia suscitar contra nós as vaias da cultura e as caricaturas do senhor Stiepanov.[11] Para meu grande horror, justificaram-se logo meus temores: descerrou-se de repente a cortina que separa-

[10] "Era meu filho, era o meu único filho!" (N. do T.)

[11] Informações de I. Z. Siérman em notas à edição soviética de 1956--58: Piotr Lávrovitch Lavróv (1823-1900), então popular nos meios democráticos, proferiu, em novembro de 1860, na Passagem de São Petersburgo, três conferências públicas "Sobre a Importância Atual da Filosofia", que se tornaram um acontecimento na vida cultural da cidade; a frase "assobios da cultura" (na Rússia, vaia tem relação com assobio) constitui provavelmente uma alusão à seção "O Assobio" do periódico *Sovriemiênik* (*O Contemporâneo*); N. A. Stiepanov (1807-1877) era então famoso como caricaturista. (N. do T.)

va a sala do crocodilo da saleta de entrada, onde se recolhiam os quartos de rublo, e apareceu no umbral um vulto de barba e bigodes e com um quepe na mão, que inclinava bem acentuadamente a parte superior do corpo e procurava, com muita cautela, manter as pernas fora do umbral da sala do crocodilo, a fim de conservar o direito de não pagar entrada.

— Um desejo tão retrógrado, minha senhora — disse o desconhecido, esforçando-se por manter-se fora do umbral e não cair na sala em que estávamos — não honra a sua instrução e só pode provir da falta de fósforo em seu cérebro. A senhora logo será vaiada na crônica do progresso e nas nossas folhas satíricas...

Mas ele não acabou de falar: voltando a si e vendo, horrorizado, um homem que falava na sala do crocodilo sem ter pago nada, o patrão atirou-se enfurecido contra o desconhecido progressista e, com os punhos, tocou-o fora a pescoções. Por um instante, ambos desapareceram de nossa vista, além da cortina, e foi somente nesse momento que eu adivinhei que toda aquela confusão surgira por nada; Ielena Ivânovna era bem inocente: ela nem sequer pensara, conforme observei acima, em submeter o crocodilo ao retrógrado e humilhante castigo do espancamento com vergas,[12] mas quisera simplesmente que lhe abrissem a barriga com uma faca e, deste modo, tirassem Ivan Matviéitch das suas entranhas.

— Como! A senhora quer que o meu crocodilo se perca! — urrou o dono da casa, voltando. — Não, antes se perca o seu marido!... *Mein Vater*[13] exibia crocodilo, *mein Grossvater*[14] exibia crocodilo, *mein Sohn*[15] vai mostrar crocodilo

---

[12] Assim se castigavam antigamente, na Rússia, as crianças e a criadagem. (N. do T.)

[13] "Meu pai". (N. do T.)

[14] "Meu avô". (N. do T.)

[15] "Meu filho". (N. do T.)

e eu também vou mostrar crocodilo! Todos vão mostrar crocodilo! Sou famoso na *ganz* Europa, e a senhora não é conhecida na *ganz* Europa e deve pagar-me multa.

— *Ja, ja*![16] — acudiu a rancorosa alemã. — Não vamos deixar que vocês escapem e, se Karlchen morrer, vocês têm que pagar multa!

— E é inútil abrir-lhe a barriga — acrescentei calmamente, querendo levar Ielena Ivânovna o quanto antes para casa —, pois o nosso querido Ivan Matviéitch, a estas horas, deve estar pairando no Empíreo.

— Meu amigo! — ressoou naquele instante, de todo inopinadamente, a voz de Ivan Matviéitch, que nos deixou muito espantados. — Meu amigo, sou de opinião de que se deve agir por intermédio do posto da guarda, pois, sem ajuda da polícia, não se poderá convencer este alemão.

Essas palavras, ditas com firmeza e convicção, e que expressavam extraordinária presença de espírito, deixaram-nos, a princípio, tão surpreendidos que nos recusamos a acreditar em nossos próprios ouvidos. Mas, naturalmente, corremos no mesmo instante para a tina do crocodilo e, imbuídos tanto de veneração quanto de desconfiança, ficamos ouvindo o infeliz prisioneiro. Sua voz era abafada, fininha e até esganiçada, como se viesse de uma distância considerável. Assemelhava-se aos sons que se ouvem quando algum brincalhão, indo para um quarto contíguo e cobrindo a boca com um travesseiro, põe-se a gritar, querendo representar para as pessoas que ficaram na outra sala como gritam entre si dois mujiques perdidos no deserto ou separados por uma profunda ravina, conforme tive o prazer de ouvir em casa de conhecidos, em véspera do Natal.

[16] "Sim, sim". (N. do T.)

— Ivan Matviéitch, meu querido, então você está vivo?
— balbuciou Ielena Ivânovna.

— Vivo e com saúde — respondeu Ivan Matviéitch — e, graças ao Altíssimo, fui engolido sem qualquer dano. Preocupo-me apenas com o fato de como os meus superiores vão encarar este episódio, pois, tendo recebido uma passagem para o estrangeiro, fui parar dentro de um crocodilo, o que não tem lá muita graça...

— Mas, meu querido, não se preocupe em ser engraçado; em primeiro lugar, é preciso esgravatar você de algum modo para fora daí — interrompeu-o Ielena Ivânovna.

— Esgravatar! — exclamou o patrão. — Eu não vou permitir esgravatar crocodilo. Agora, virá ainda muito mais *publicum*, vou pedir *funfzig*[17] copeques, e Karlchen não precisará mais comer.

— *Gott sei dank*[18] — acudiu a patroa.

— Eles têm razão — observou tranquilamente Ivan Matviéitch. — O princípio econômico em primeiro lugar.

— Meu amigo — gritei —, vou agora mesmo correndo à procura dos nossos chefes e apresentarei queixa, pois estou pressentindo que não poderemos cozinhar sozinhos este mingau.

— Eu também penso assim — observou Ivan Matviéitch —, mas, em nossos tempos de crise financeira, é difícil abrir a barriga de um crocodilo sem uma compensação econômica e, ao mesmo tempo, surge uma pergunta inevitável: quanto cobrará o dono do crocodilo? E outra ainda: quem pagará? Pois você sabe que não disponho de meios...

— Talvez por conta do ordenado — aventei a medo, mas o patrão interrompeu-me no mesmo instante.

[17] "Cinquenta". (N. do T.)

[18] "Graças a Deus!" (N. do T.)

— Eu não vender crocodilo, eu vender crocodilo por três mil, eu vender crocodilo por quatro mil! Agora, virá muito *publicum*. Eu vender crocodilo por cinco mil!

Numa palavra, animava-se de modo intolerável; o amor ao ganho e uma ignóbil cupidez fulgiam-lhe nos olhos, alegremente.

— Eu vou! — gritei indignado.

— Eu também! Eu também! Procurarei Andréi Óssipitch, vou comovê-lo com as minhas lágrimas — choramingou Ielena Ivânovna.

— Não faça isso, querida — interrompeu-a depressa Ivan Matviéitch, que já de há muito tinha ciúme da esposa por causa de Andréi Óssipitch e sabia que ela ficaria contente de ir chorar perante uma pessoa culta, pois as lágrimas iam-lhe muito bem.

— E também a você, meu amigo, não lhe aconselho isto — prosseguiu, dirigindo-se a mim. — Não se deve ir assim, sem mais nem menos; isto ainda pode ter uma consequência desagradável. É melhor você ir hoje à casa de Timoféi Siemiônitch, mas simplesmente como quem faz uma visita. Ele é um homem do velho estilo e não muito inteligente, mas é sério e, sobretudo, leal. Transmita-lhe as minhas lembranças e descreva-lhe a nossa situação. Como eu lhe devo sete rublos da nossa última partidinha, entregue-os a ele nessa conveniente ocasião; isto amaciará o velho severo. Em todo caso, o conselho dele pode servir-nos de orientação. E agora leve daqui, por enquanto, Ielena Ivânovna... Acalme-se, querida — continuou, dirigindo-se à esposa. — Fiquei cansado com todos esses gritos e brigas de mulher e quero dormir um pouco. Isto aqui é quente e macio, se bem que eu ainda não tive tempo de examinar este inesperado abrigo...

— Examinar! Mas você tem luz aí? — exclamou com alegria Ielena Ivânovna.

— Rodeia-me a noite indevassável — respondeu o pobre prisioneiro —, mas posso apalpar e, por assim dizer, examinar com as mãos... Adeus, pois, fique tranquila e não se prive de divertimentos. Até amanhã! E você, Siemión Siemiônitch, vá a minha casa à noitinha, e, como você é distraído e pode esquecer, faça um nozinho...

Confesso que eu estava contente pelo fato de ir embora, pois me cansara demais e, em certa medida, aquilo me enfadara. Pegando depressa o braço da tristonha Ielena Ivânovna, que se tornara, no entanto, mais bonita com a emoção, levei-a o quanto antes para fora da sala do crocodilo.

— À noite, será novamente um quarto de rublo pela entrada! — gritou-nos o patrão.

— Oh, meu Deus, como eles são gananciosos! — disse Ielena Ivânovna, examinando-se em cada espelho das paredes da Passagem e, segundo parecia, percebendo que ficara mais bonita.

— O princípio econômico — respondi, ligeiramente perturbado e orgulhoso da minha dama perante os transeuntes.

— O princípio econômico... — arrastou ela, com vozinha simpática. — Eu não compreendi nada do que falou ainda há pouco Ivan Matviéitch sobre esse repugnante princípio econômico.

— Vou explicar-lhe — respondi e, no mesmo instante, pus-me a contar-lhe os benéficos resultados da atração de capitais estrangeiros à nossa pátria, sobre os quais lera naquela manhã nas *Notícias de São Petersburgo* e em *O Cabelo*.[19]

— Como tudo isto é esquisito! — interrompeu-me ela, depois de ter-me ouvido um pouco. — Mas pare de uma vez, enjoado; que bobagens está falando... Diga-me: estou muito vermelha?

---

[19] *Sanktpietierbúrgskie Izviéstia* e *Golos* (*A Voz*), jornais da época. Certamente, por brincadeira, Dostoiévski trocou o nome *Golos* por *Vólos* (*O Cabelo*). (N. do T.)

— Está encantadora, e não vermelha[20] — observei, aproveitando a ocasião para um galanteio.

— Traquinas! — gorjeou ela, satisfeita consigo mesma.

— Pobre Ivan Matviéitch acrescentou um instante depois, inclinando com faceirice a cabecinha sobre o ombro. Palavra que tenho pena dele. Ah, meu Deus! — exclamou de repente. — Diga-me: como é que ele vai lá comer hoje e... e... como é que ele... se precisar de alguma coisa?

— Uma pergunta imprevista — respondi, intrigado também.

Realmente aquilo não me ocorrera. A tal ponto as mulheres são mais práticas que nós, homens, em se tratando de problemas cotidianos!

— Coitado, e como foi que ele se deixou desgraçar assim... Ali não há divertimentos, é escuro... Pena que eu não tenha ficado com nenhuma fotografia dele... Então, sou agora uma espécie de viúva — acrescentou com um sorrisinho sedutor, evidentemente interessada em sua nova condição. — Hum... mesmo assim, tenho pena dele!...

Em suma, expressava uma angústia bem compreensível e natural, de uma esposa jovem e atraente, pelo marido desaparecido. Acompanhei-a finalmente até sua casa, tranquilizei-a, jantei com ela e, depois de uma xícara de café aromático, fui às seis horas à casa de Timofiéi Siemiônitch, confiante em que, a essa hora, todas as pessoas de família, de determinadas profissões, estão em casa, sentadas ou deitadas.

Tendo escrito o meu primeiro capítulo num estilo digno do acontecimento relatado, pretendo empregar em seguida um outro que, embora não seja tão elevado, é, em compensação, mais natural, do que advirto antecipadamente o leitor.

---

[20] Em russo, um jogo de palavras com os termos *priekrásni* e *krásni*. (N. do T.)

O crocodilo

II

O respeitável Timofiéi Siemiônitch recebeu-me de certo modo apressado e como que um tanto confuso. Acompanhou-me ao seu acanhado escritório e, fechando bem a porta, disse com visível inquietação: "É para que as crianças não atrapalhem". Em seguida, fez-me sentar na cadeira junto à escrivaninha, sentou-se na poltrona, fechou as abas de um velho roupão de algodão e assumiu, por via das dúvidas, um ar oficial, quase severo até, embora não fosse de modo algum meu chefe ou de Ivan Matviéitch e se considerasse até então simples colega e mesmo pessoa das nossas relações.

— Em primeiro lugar — começou —, leve em conta que não sou chefe, mas um subalterno, como o senhor e como Ivan Matviéitch... Fico de parte em tudo isso, e não tenho nenhuma intenção de me intrometer.

Fiquei surpreso, pois, evidentemente, ele já estava a par de tudo. Apesar disso, contei-lhe de novo o caso, minuciosamente. Falei até comovido, pois estava, nesse momento, cumprindo um dever de amigo verdadeiro. Ouviu-me sem especial surpresa, mas com evidentes sinais de desconfiança.

— Imagine — disse —, eu sempre pensei que isto haveria de acontecer com ele.

— Mas por quê, Timofiéi Siemiônitch? O caso em si é bem incomum...

— Estou de acordo. Mas Ivan Matviéitch, no decorrer de toda a sua vida funcional, tendeu justamente para um resultado destes. Era vivo, arrogante até. Só tratava de "progresso" e de umas certas ideias, e eis aonde conduz o progresso!

— Mas este caso é dos mais extraordinários, e não se pode de modo nenhum admiti-lo como regra comum a todos os progressistas...

— Não, é assim mesmo. Assim mesmo, entende? Isto acontece em virtude de um excesso de instrução, pode crer em mim. Pois as pessoas demasiado instruídas procuram penetrar em todos os lugares e, sobretudo, naqueles onde não são chamadas. Aliás, talvez saiba disso mais que eu — acrescentou, como que ofendido. — Sou uma pessoa velha e não tenho a sua instrução; comecei como filho de soldado, e este ano é o jubileu do meu quinquagésimo ano de serviço.

— Oh, não, Timofiéi Siemiônitch, por favor! Pelo contrário, Ivan Matviéitch implora os seus conselhos, a sua orientação. Por assim dizer, implora de lágrimas nos olhos.

— "Por assim dizer, de lágrimas nos olhos." Hum! Ora, são lágrimas de crocodilo, e não se pode acreditar totalmente nelas. Bem, diga-me, por que lhe deu na veneta ir para o estrangeiro? E com que dinheiro? Ele nem sequer dispõe dos meios necessários, não é verdade?

— Com dinheiro economizado das últimas gratificações, Timofiéi Siemiônitch — respondi num tom lastimoso. — Ele queria apenas passar três meses na Suíça... na pátria de Guilherme Tell.

— Guilherme Tell? Hum!

— Queria encontrar a primavera em Nápoles. Ver o museu, os costumes, os animais...

— Hum! Os animais? Mas, a meu ver, foi simplesmente por orgulho! Que animais? Temos acaso poucos animais? Temos jardins zoológicos, museus, camelos. Há ursos vivendo bem perto de São Petersburgo. E aí está: ele mesmo foi parar dentro de um crocodilo...

— Mas, por favor, Timofiéi Siemiônitch! Uma pessoa encontra-se na desgraça, recorre a outra como a um amigo, um parente mais velho, anseia por um conselho seu, e o senhor o censura... Compadeça-se ao menos da infeliz Ielena Ivânovna!

— É da esposa que o senhor fala? Uma damazinha interessante — disse Timofiéi Siemiônitch, evidentemente de humor mais brando e cheirando com apetite o seu rapé. — Uma pessoa delicada. E como é rechonchuda, a cabecinha sempre

O crocodilo

29

de lado, de lado... muito agradável. Ainda anteontem, Andréi Óssipitch referiu-se a ela.

— Referiu-se?

— Referiu-se, e com expressões muito lisonjeiras. "O busto", disse ele, "o olhar, o penteado... Um bombom", disse, "e não uma senhorazinha", e riu no mesmo instante. É gente ainda moça. — Timofiéi Siemiônitch assoou-se com estrépito. — No entanto, ainda moço, e que carreira já está iniciando...

— Mas, agora, trata-se de caso completamente diverso, Timofiéi Siemiônitch.

— Naturalmente, naturalmente.

— E então, Timofiéi Siemiônitch?

— Mas o que é que eu posso fazer?

— Dê um conselho, uma orientação, como homem de experiência, como um parente! Que iniciativa tomar? Procurar os superiores hierárquicos ou...

— Os superiores? De modo nenhum — disse apressado Timofiéi Siemiônitch. — Se querem um conselho, é preciso antes de tudo abafar o caso e agir, por assim dizer, em caráter particular. O caso é suspeito e ainda inédito. Sobretudo inédito, não há precedente e, além disso, recomenda mal... Por isso, a prudência deve vir em primeiro lugar... Que ele permaneça lá deitado algum tempo. É preciso aguardar, aguardar...

— Mas como esperar, Timofiéi Siemiônitch? E se ele ficar sufocado?

— Mas por quê? O senhor disse, parece-me, que ele se ajeitou lá com bastante conforto até, não é verdade?

Tornei a contar-lhe tudo. Timofiéi Siemiônitch ficou pensativo.

— Hum! — deixou escapar, girando nas mãos a caixinha de rapé. — A meu ver, será até bom ele ficar lá deitado algum tempo, em lugar de viajar para o estrangeiro. Que reflita um pouco, aproveitando o lazer; está claro que não deve ficar asfixiado e, por isso, precisa tomar medidas adequadas para a conservação da saúde: prevenir a tosse e outras coisas assim... E, quanto ao alemão, na minha opinião pessoal ele está no seu direito, e mais até do que a parte contrária, pois entrara no crocodilo *dele* sem pedir licença, e não foi *ele* quem entrou no crocodilo de Ivan Matviéitch, que, aliás, tanto quanto posso lembrar, nunca possuiu sequer um crocodilo. Ora, o crocodilo constitui uma propriedade e, por conseguinte, não se pode abrir-lhe a barriga sem uma compensação.

— É para a salvação de um ser humano, Timofiéi Siemiônitch.

— Isto já compete à polícia. E é a ela que se deve recorrer.

— Mas Ivan Matviéitch pode tornar-se também necessário na nossa repartição. Poderia ser chamado.

— Tornar-se necessário? Ivan Matviéitch? Eh, eh! Ademais, ele está de licença e, por conseguinte, podemos ignorar tudo; que fique por lá, olhando as terras da Europa. Já o caso será diferente se ele não se apresentar no prazo certo; então, teremos que tomar informações...

— Três meses! Tenha dó, Timofiéi Siemiônitch!

— Ele mesmo tem culpa. Ora, quem foi que o empurrou para lá? Ao que parece, seria necessário contratar para ele uma ama-seca por conta do Estado, mas isto nem está previsto nos orçamentos. E, sobretudo, o crocodilo é uma propriedade e, por conseguinte, aqui já entra em ação o chamado princípio econômico. E o princípio econômico vem em primeiro lugar. Ainda anteontem, numa reunião em casa de Luká Andréitch, Ignáti Prokófitch falou neste sentido; conhece Ignáti Prokófitch? É um capitalista, tem negócios em andamento, e fala tão bem... "Precisamos", disse ele, "da indústria, a nossa é insuficiente. É preciso engendrá-la".

— "É preciso engendrar capitais, quer dizer, engendrar a classe média, a chamada burguesia. E, visto que não temos capitais, devemos atraí-los do estrangeiro. É preciso, em primeiro lugar, dar permissão a companhias estrangeiras para que adquiram terras em nosso país, como se pratica em toda parte no exterior. A propriedade coletiva[21] é um veneno", disse ele, "uma perdição!" E — sabe? — ele fala com tanto entusiasmo!... É verdade que para eles fica bem: gente que possui capital... e que não faz parte do serviço público. "Com a propriedade coletiva", diz ele, "nem a indústria nem a agricultura poderão desenvolver-se". "É preciso", diz ele, "que as companhias estrangeiras comprem, se possível, todas as nossas terras, as quais, depois, será preciso fragmentar, fragmentar, fragmentar nos menores lotes possíveis"; e — sabe? — ele pronuncia com acento tão decidido: fragmentar, diz ele; e depois vender, mas também simplesmente arrendar. "Quando", diz ele, "toda a terra estiver nas mãos das companhias estrangeiras, será possível estabelecer o preço de arrendamento que se quiser. Por conseguinte, o mujique trabalhará três vezes mais apenas para ganhar o pão de cada dia, e será possível enxotá-lo quando bem se entender. Quer dizer que há de sentir a responsabilidade, será manso, esforçado, e trabalhará o triplo pelo mesmo dinheiro. E agora, nas propriedades coletivas, como é que vive?! Sabe que não vai morrer de fome, e por isto se entrega à preguiça e à bebedeira. E, pelo outro processo, atrairemos dinheiro para o nosso país, vão se formar capitais, vai originar-se a burguesia. Ainda outro dia, o jornal político e literário inglês *Times*, ao tratar da nossa situação financeira, afirmava que as nossas finanças não aumentam justamente porque não temos classe média nem grandes fortunas nem proletários serviçais...". Ignáti Prokófitch fala bem. Um orador. Ele mesmo quer encaminhar a sua opinião, por escrito, às autoridades, e depois

---

[21] Alusão às formas de propriedade coletiva das terras, então ainda existentes na Rússia a par da completa miséria da grande maioria dos camponeses, mesmo após a libertação dos servos. O movimento *populista* russo procuraria valorizar estas tendências para a propriedade coletiva e chegaria a apontar a comunidade rural primitiva, o *mir*, como um modelo de socialismo, válido mesmo nos tempos modernos. (N. do T.)

publicá-la em *As Notícias*. Isto já não são versinhos, como os de Ivan Matviéitch...

— Bem, e o que me diz sobre Ivan Matviéitch? — aventei, tendo deixado o velho tagarelar à vontade.

Timofiéi Siemiônitch gostava disto às vezes, mostrando deste modo que estava a par de tudo.

— Ivan Matviéitch? É a isto mesmo que eu quero me referir. Nós mesmos nos afanamos para atrair os capitais estrangeiros à nossa pátria, mas veja bem: mal foi atraído para o nosso meio, o capital do homem do crocodilo duplicou-se por intermédio de Ivan Maviéitch, e nós, em lugar de proteger o proprietário estrangeiro, queremos abrir a barriga do próprio capital de base. Ora, há coerência nisto? A meu ver, Ivan Matviéitch, como um verdadeiro filho de sua pátria, deve ainda alegrar-se e orgulhar-se com o fato de ter duplicado, ou talvez até triplicado, com a sua pessoa, o valor de um crocodilo estrangeiro. Isto é necessário para atrair os capitais. Se um tiver êxito, outro virá com outro crocodilo, um terceiro há de trazer dois ou três de uma vez, e junto a eles hão de se agrupar capitais. Aí se tem uma burguesia. Isto deve ser estimulado.

— Perdão, Timofiéi Siemiônitch! — exclamei. — O senhor exige uma abnegação quase antinatural do infeliz Ivan Matviéitch!

— Não exijo nada e, em primeiro lugar, peço-lhe, como já pedi antes, que compreenda que não sou uma autoridade; por conseguinte, não posso exigir nada de ninguém. Falo como filho da pátria, isto é, não como *O Filho da Pátria*,[22] mas simplesmente como filho da pátria. Mais uma vez, pergunto: quem o mandou entrar no crocodilo? Uma pessoa séria, na posse de determinado cargo, que vive em matrimônio legítimo, e de repente... um tal passo! Há coerência nisto?

— Mas este passo ocorreu sem querer.

[22] *Sin Oiétchestva*, jornal liberal moderado da época. (N. do T.)

O crocodilo

33

— E quem garante? Além do mais, com que dinheiro se vai pagar ao dono do crocodilo? Diga-me, por favor.

— Talvez por conta do ordenado, Timofiéi Siemiônitch?

— Será suficiente?

— Não basta, Timofiéi Siemiônitch — respondi com tristeza. — O dono do crocodilo, a princípio, ficou com medo de que o animal rebentasse; mas, depois de se convencer de que tudo ia bem, fez-se de importante e alegrou-se com o fato de poder duplicar o preço.

— Triplicar, quadruplicar, talvez! O público virá agora em multidão, e os donos do crocodilo são gente esperta. Ademais, não estamos na Quaresma, temos que levar em conta a busca de divertimentos, e por isto, repito, é preciso que, a princípio, Ivan Matviéitch fique observando tudo incógnito e não se apresse. Não importa que todos saibam que ele está dentro de um crocodilo, contanto que não o saibam oficialmente. Sob este ponto de vista, Ivan Matviéitch está mesmo em condições particularmente favoráveis, porque o consideram ausente no estrangeiro. Vão dizer-nos que está dentro do crocodilo, mas nós não acreditaremos. É possível tratar o caso deste modo. O principal é que espere um pouco e, além disso, para que vai se apressar?

— Bem, e se...

— Não se preocupe, ele é de compleição robusta...

— Bem, e o que acontecerá se ele aguentar até o fim?

— Não lhe esconderei que o caso é dos mais complicados. Não se consegue chegar a uma conclusão e, sobretudo, o que mais atrapalha é o fato de não ter havido até hoje algo semelhante. Se houvesse um precedente, ainda poderíamos nos orientar de algum modo. Mas, como é que se vai resolver agora? Enquanto se procura uma solução, o tempo passa.

Um pensamento feliz brilhou-me na mente.

— Não se poderá acomodar tudo — disse eu — de modo tal que, se ele estiver destinado a permanecer nas profundezas do monstro e, por vontade da Providência, se conservar vivo, lhe seja possível apresentar um requerimento, no sentido de continuar fazendo parte do quadro de funcionários?

— Hum... Só se for em forma de licença sem vencimentos...

— Mas não se poderia obtê-la com vencimentos?

— Com que base?

— Em forma de missão oficial...

— Mas qual, e para onde?

— Para as próprias profundezas do crocodilo... Por assim dizer, para informações, para o estudo dos fatos no próprio local. Está claro que será algo novo, mas até que isto é progressista e, ao mesmo tempo, demonstrará uma preocupação com a instrução pública...

Timofiéi Siemiônitch ficou pensativo.

— Comissionar especialmente um funcionário — disse por fim — para as profundezas de um crocodilo, a fim de cumprir determinações especiais, é, na minha opinião pessoal, um absurdo. Não está previsto no regimento. E que missão poderia desempenhar ali?

— Uma missão, por assim dizer, de estudo da natureza no próprio local, no próprio ser vivo. Atualmente, cuida-se tanto das ciências naturais, da botânica... Ele ficaria lá vivendo e enviando comunicações... sobre a digestão, ou simplesmente sobre costumes. Seria útil para o acervo de dados.

— Isto é, trata-se de estatística. Ora, não é este o meu forte e, ademais, não sou filósofo. O senhor me diz: dados; mas se já estamos abarrotados de dados e não sabemos o que fazer com eles! Além do mais, essa estatística é perigosa...

— Mas como?

— É perigosa, sim. E o senhor deve, ainda, convir comigo que ele há de transmitir os dados deitado de lado,[23] por assim dizer. Mas pode-se acaso cumprir um dever funcional

---

[23] A expressão russa do texto tem, igualmente, o sentido de "ficar sem fazer nada". (N. do T.)

deitado de lado? Isto já é outra inovação, e bastante perigosa; e, mais uma vez, não houve um precedente assim. Se nós arranjássemos um precedentezinho que fosse, então se poderia, na minha opinião, enviá-lo talvez em missão oficial.

— Mas, até hoje, ninguém trouxe crocodilos vivos para cá, Timofiéi Siemiônitch.

— Hum, sim... — Ele tornou a ficar pensativo. — Realmente, esta sua objeção é justa e poderia até servir de base para a tramitação de um processo. Mas considere também o seguinte: se, com o aparecimento de crocodilos vivos, começarem a desaparecer funcionários, e estes, depois, a pretexto de que ali é quente e macio, passarem a exigir comissões no bucho desses animais e ficarem deitados de lado... convenha comigo que será um mau exemplo. Deste modo, cada um irá para lá, a fim de receber dinheiro sem trabalhar.

— Faça um esforço para ajudá-lo, Timofiéi Siemiônitch! E, a propósito, Ivan Matviéitch pediu-me que lhe transmitisse uma dividazinha de jogo, são sete rublos...

— Ah, ele perdeu isso outro dia, em casa de Nikífor Nikíforitch! Estou lembrando. E como estava alegre então, dizia piadas, e agora...

O velho ficou sinceramente comovido.

— Faça uma forcinha, Timofiéi Siemiônitch.

— Vou fazer. Vou falar em meu próprio nome, como particular, na forma de um pedido de informações. E, quanto ao senhor, procure saber, de modo não oficial, indiretamente, que preço o dono do crocodilo aceitaria pelo animal.

Timofiéi Siemiônitch parecia mais bondoso.

— Sem falta — respondi. — E, logo a seguir, virei relatar o que souber.

— E a esposa... está agora sozinha? Ela se aborrece?

— Deveria visitá-la, Timofiéi Siemiônitch.

— Vou visitá-la; ainda outro dia pensei nisto, e agora é uma ocasião conveniente... E o que foi que o impeliu a ir ver o crocodilo?! Aliás, eu também gostaria de ir vê-lo.

— Vá visitar o infeliz, Timofiéi Siemiônitch.

— Vou visitá-lo. Naturalmente, não quero, com este meu passo, infundir esperanças. Irei lá em caráter particular... Bem, até logo, vou de novo à casa de Nikíforitch; o senhor vai lá também?

— Não, vou para junto do prisioneiro.

— Sim, agora vai ver o prisioneiro!... Eh, leviandade!

Despedi-me do velho. Pensamentos variados circulavam-me pela mente. Timofiéi Siemiônitch é um homem bondoso e honestíssimo, mas, mesmo assim, saindo de sua casa, alegrei-me pelo fato de que ele já tivesse celebrado o seu quinquagésimo aniversário de vida funcional e que os Timofiéi Siemiônitch fossem já uma raridade em nosso meio. Está claro, corri imediatamente para a Passagem, a fim de comunicar tudo ao coitado do Ivan Matviéitch. Sentia também muita curiosidade: como teria ele se acomodado dentro do crocodilo e como se poderia viver ali? Seria realmente possível viver no interior de um crocodilo? Por vezes, é verdade, tinha a impressão de que tudo aquilo não passava de um sonho monstruoso, tanto mais que se tratava realmente de um monstro...

III

E, no entanto, não se tratava de sonho, mas de uma autêntica, indubitável realidade. Do contrário, iria eu querer contar isto?! Continuo, porém...

Quando cheguei à Passagem já era tarde, quase nove horas, e tive que entrar na sala do crocodilo pelos fundos, pois o alemão fechara a loja antes da hora habitual. Caminhava pela sala, em trajes caseiros de que fazia parte um redingotezinho velho e ensebado; estava três vezes mais contente que de manhã. Era evidente que não tinha agora medo de nada e que "apareceu muito *publicum*". *Mutter* se apresentou mais tarde, ao que parece para me vigiar. O alemão frequentemente co-

O crocodilo

37

chichava com ela. Embora a loja estivesse já fechada, cobrou-me o quarto de rublo. Que meticulosidade desnecessária!

— O senhor terá de pagar toda vez que vier; o *publicum* pagará um rublo, mas o senhor só um quarto, pois é um bom amigo do seu bom amigo, e eu admiro a amizade...

— Está vivo, está acaso vivo o meu culto amigo?! — exclamei alto, aproximando-me do crocodilo e esperando que as minhas distantes palavras chegassem até Ivan Matviéitch e lisonjeassem o seu amor-próprio.

— Vivo e com saúde — respondeu ele, como que de longe ou debaixo de uma cama, embora eu estivesse a seu lado.

— Vivo e com saúde... Mas deixemos isto para mais tarde... Como está o caso?

Como que deixando intencionalmente de ouvir a pergunta, comecei por meu turno a interrogá-lo, apressado e com simpatia: como estava, como se sentia dentro do crocodilo e, de modo geral, o que havia ali? A amizade e a simples delicadeza o exigiam. Mas ele me interrompeu, manhoso e aborrecido.

— Como está o caso? — gritou, autoritário para comigo, como de costume, com sua voz esganiçada, desta vez particularmente desagradável.

Relatei-lhe, em todos os pormenores, a minha palestra com Timofiéi Siemiônitch. Relatando-a, esforcei-me por imprimir às minhas palavras um tom de ressentimento.

— O velho tem razão — decidiu Ivan Matviéitch, com o tom ríspido que sempre costumava ter comigo. — Gosto dos homens práticos e não suporto os maricas melífluos. Devo, no entanto, confessar que também a ideia que você expressou a respeito de uma missão oficial não é de todo absurda. Realmente, posso comunicar muita coisa, tanto do ponto de vista moral como científico. Mas agora tudo isto assume uma forma nova e inesperada e não vale a pena empenhar-se unicamente pelo ordenado. Ouça com atenção. Você está sentado?

— Não, de pé.

— Sente-se sobre alguma coisa, ou mesmo no chão, e ouça com atenção.

Irritado, apanhei uma cadeira e bati com ela fortemente no chão.

— Ouça — começou ele, impositivo. — Hoje veio um sem-fim de visitantes. Ao anoitecer, não havia mais lugar e chegou a polícia, para manter a ordem. Às oito, isto é, antes da hora habitual, o patrão achou mesmo necessário fechar a loja e interromper o espetáculo, a fim de contar o dinheiro e preparar-se melhor para o dia de amanhã. Sei que amanhã isto vai virar uma feira-livre. É de supor que passem por aqui todas as pessoas mais cultas da capital, as senhoras da alta sociedade, embaixadores estrangeiros, juristas e outros. Mais ainda: começará a chegar gente das mais variadas províncias de nosso vasto e curioso império. Resultado: sou exposto perante todos e, ainda que escondido, estou em primeiro lugar. Passarei a instruir a multidão ociosa. Ensinando pela experiência, apresentarei com a minha pessoa um exemplo de grandeza e espírito conformado perante o destino! Serei, por assim dizer, uma cátedra da qual hei de instruir a humanidade. São preciosas mesmo as informações de ciências naturais que posso comunicar sobre o monstro por mim habitado. E, por isto, não só não maldigo o caso que me aconteceu, mas tenho até sólidas esperanças na mais brilhante das carreiras.

— Não será maçante? — observei, ferino.

O que mais me irritou foi o fato de que, impado de orgulho, ele tivesse deixado quase completamente de empregar os pronomes pessoais. Ademais, tudo aquilo me deixou confuso. "Por que, por que esta leviana cabeçorra fica aí fanfarronando?!", murmurei de mim para mim, rangendo os dentes. "É caso de chorar e não de fanfarronar."

— Não me aborrecerei! — respondeu ele abruptamente à minha observação. — Pois, inteiramente imbuído de ideias grandiosas, somente agora, dispondo de lazer, posso sonhar com a melhoria da sorte de toda a humanidade. Do crocodilo hão de sair agora a verdade e a luz. Sem dúvida, inventarei uma nova teoria pessoal de novas relações econômicas e vou orgulhar-me dela, o que não me foi possível até hoje, por falta de lazer, em virtude do meu trabalho e dos vulgares divertimentos mundanos. Negarei tudo e serei um novo Fourier. Aliás, você devolveu os sete rublos a Timofiéi Siemiônitch?

— Do meu dinheiro — respondi, procurando expressar isso também com o tom da voz.

— Ajustaremos as contas — respondeu com altivez. — Espero sem falta um aumento de ordenado, pois quem, senão eu, há de ser aumentado? É infinito o benefício que estou fornecendo agora. Mas vamos aos fatos. Minha mulher?

— Você provavelmente está perguntando por Ielena Ivânovna?[24]

— Minha mulher! — gritou ele, desta vez até esganiçado.

Que fazer? Humilde, mas rangendo de novo os dentes, contei-lhe como deixara Ielena Ivânovna. Nem sequer me ouviu até o fim.

— Tenho em relação a ela projetos especiais — começou com impaciência. — Se eu ficar famoso aqui, quero que ela o seja lá. Cientistas, poetas, filósofos, mineralogistas em viagem, estadistas, depois de uma palestra matinal comigo, frequentarão à noite o seu salão. A partir da próxima semana, ela deverá receber todas as noites. O ordenado duplicado fornecerá os meios para as recepções, e, visto que tudo deverá limitar-se ao chá e a criados por hora, não haverá maiores complicações. Serei assunto obrigatório tanto aqui como lá. Há muito ansiava por uma oportunidade em que todos falassem de mim, mas, tolhido pela minha pouca importância e pelo posto subalterno, não o conseguia. Agora todavia, tudo isso foi alcançado pela simples tragada de um crocodilo. Cada palavra minha será ouvida, cada uma das minhas afirma-

---

[24] O uso do patronímico indica tratamento respeitoso. (N. do T.)

ções será pensada, transmitida, impressa. E eu hei de mostrar quem sou! Compreenderão, finalmente, que capacidade deixaram desaparecer nas profundezas do monstro. "Este homem podia ser ministro das Relações Exteriores e governar um reino", dirão alguns. "E este homem não governou um reino estrangeiro!", dirão outros. Ora, em que, em que sou pior do que qualquer Garnier-Pagesinho,[25] ou sei lá como se chama? A mulher deve fazer *pendant* comigo: eu com a inteligência, ela com a beleza e afabilidade. "É linda, por isto é esposa dele", dirão uns. "É linda *por ser* esposa dele", corrigirão outros. Por via das dúvidas, Ielena Ivânovna deve comprar amanhã mesmo o dicionário enciclopédico editado sob a direção de Andréi Kraiévski,[26] para que possa falar de todos os assuntos. Mais que tudo, porém, deve ler o "Premier Politique",[27] das *Notícias de São Petersburgo*, comparando-o diariamente com *O Cabelo*. Creio que o patrão vai concordar em me levar de vez em quando, juntamente com o crocodilo, para o brilhante salão da minha mulher. Ficarei na tina, em meio à magnífica sala de visitas, e direi sem cessar frases de espírito coligidas ainda de manhã. Comunicarei meus projetos ao estadista; falarei em rimas com o poeta; com as senhoras, serei divertido, além de moral e simpático, e portanto de todo inofensivo para os respectivos esposos. Servirei a todos os demais como exemplo de submissão ao destino e aos desígnios da Providência. Transformarei minha mulher numa brilhante dama literária; hei de impeli-la para a frente e ex-

[25] Alusão ao político francês liberal, Louis-Antoine Garnier-Pagès (1803-1878). (N. do T.)

[26] Começara a sair, em 1861, financiado pelo Estado, um dicionário enciclopédico, sob a direção de A. A. Kraiévski, o que provocou muitas críticas pela imprensa, devido à falta de credenciais deste para semelhante função. (N. do T.)

[27] Designavam-se assim os artigos de fundo, de caráter político. (N. do T.)

O crocodilo

plicá-la ao público. Na qualidade de minha mulher, ela deve estar imbuída das maiores qualidades, e se, com justiça, chamam a Andréi Aleksândrovitch o nosso Alfred de Musset,[28] mais justo ainda será chamá-la a nossa Eugênia Tour.[29]

Embora, confesso, toda esta algaravia se assemelhasse um pouco à que era comum em Ivan Matviéitch, veio-me à mente que ele estava febril e delirava. Seria o mesmo Ivan Matviéitch, comum e cotidiano, mas observado por uma lente que o aumentasse vinte vezes.

— Meu amigo — perguntei-lhe —, você tem esperança de uma longa vida? E diga-me: de modo geral, vai bem de saúde? Como é que você está comendo, dormindo, respirando? Sou seu amigo, e convenhamos que o caso é por demais extraordinário e, por conseguinte, a minha curiosidade é bem natural.

— Uma curiosidade ociosa e nada mais — respondeu ele sentencioso. — Mas você será satisfeito. Pergunta-me como eu me arranjei nas profundezas do monstro. Em primeiro lugar, o crocodilo, para meu espanto, é completamente vazio. O seu interior consiste como que num enorme saco vazio, de borracha, parecido com aqueles objetos de borracha que se encontram facilmente na Gorókhovaia, na Morskaia e, se não me engano, na avenida Vozniessênski. De outro modo, pense bem, poderia eu caber nele?

— Será possível? — gritei, com um espanto compreensível. — Então o crocodilo é completamente oco?

— Completamente — confirmou Ivan Matviéitch, com ar sério e imponente. — E, segundo é de todo provável, está arranjado assim de acordo com as leis da própria natureza. O crocodilo possui somente mandíbulas, providas de dentes

---

[28] Trata-se de uma comparação irônica entre A. A. Kraiévski, já citado, e Alfred de Musset. (N. do T.)

[29] Alusão a Ievguênia Tur (1815-1892), escritora liberal russa da época, confundida aí com personagem estrangeira. (N. do T.)

aguçados, e uma cauda consideravelmente longa; realmente, é tudo. E, no meio, entre essas duas extremidades, fica um espaço vazio, cercado por algo que se assemelha a borracha, e provavelmente é.

— E as costelas, e o estômago, e as tripas, e o fígado, e o coração? — interrompi-o, com certa raiva até.

— Nada, não existe absolutamente nada disso e, provavelmente, nunca existiu. Tudo isso provém da imaginação ociosa de viajantes levianos. Assim como se infla uma almofada hemorroidal, assim eu inflo agora o crocodilo com a minha pessoa. Ele é incrivelmente elástico. Até você, na qualidade de amigo da casa, poderia caber ao meu lado, se tivesse espírito generoso, e ainda assim sobraria espaço. Penso até em mandar vir Ielena Ivânovna para cá, se for preciso. Aliás, semelhante disposição oca do crocodilo está plenamente de acordo com as ciências naturais. Pois suponhamos, por exemplo, que você seja encarregado de instalar um novo crocodilo; naturalmente, vai surgir-lhe a pergunta: qual é a propriedade fundamental do crocodilo? A resposta é clara: engolir gente. Como conseguir então, pela disposição do crocodilo, que ele engula gente? A resposta é ainda mais clara: fazendo-o oco. Já está há muito resolvido pela física que a natureza não tolera o vazio. De acordo com isto, também as entranhas do crocodilo devem ser justamente vazias, para não tolerar o vazio; por conseguinte, devem incessantemente engolir e encher-se de tudo o que esteja à mão. E eis o único motivo plausível por que todos os crocodilos engolem a nossa espécie. Não foi o que sucedeu, porém, na disposição do homem: quanto mais oca, por exemplo, é uma cabeça humana, tanto menos ela sente ânsia de se encher; e esta é a única exceção à regra geral. Tudo isto me é atualmente claro como o dia, tudo isto eu alcancei com a minha própria agudeza e experiência, encontrando-me, por assim dizer, nos abismos da natureza, na sua retorta, e prestando atenção às suas pulsações. A própria etimologia concorda comigo, pois mesmo o nome do

O crocodilo

crocodilo significa voracidade. Crocodilo, *crocodillo*, é uma palavra provavelmente italiana, contemporânea talvez dos antigos faraós egípcios e originária, ao que parece, da raiz francesa *croquer*, que significa comer, devorar e, de modo geral, aproveitar como alimento. Tudo isto eu pretendo proferir como minha primeira conferência ao público reunido no salão de Ielena Ivânovna, quando me levarem para lá dentro da tina.

— Meu amigo, não será melhor você tomar agora um purgante?! — exclamei sem querer. "Ele está com febre, está ardendo em febre!", repetia eu para mim mesmo, horrorizado.

— Absurdo! — respondeu-me com desprezo. — Ademais, na minha atual situação, isto é de todo inconveniente. Aliás, eu já sabia em parte que você haveria de falar em purgante.

— Mas, meu amigo, de que maneira... de que maneira utiliza você agora a comida? Já jantou?

— Não, mas estou satisfeito, e o mais provável é que, de agora em diante, eu nunca mais necessite comer. E isto também é absolutamente compreensível: enchendo com a minha pessoa todo o interior do crocodilo, deixo-o saciado para sempre. Agora, podem passar alguns anos sem alimentá-lo. Por outro lado, saciado com a minha pessoa, ele naturalmente me comunicará todos os sucos vitais do seu corpo; isto se assemelha ao procedimento de algumas faceiras requintadas que cobrem as suas formas, antes de dormir, com pedaços de carne crua, e na manhã seguinte, após o banho, tornam-se frescas, elásticas, suculentas e tentadoras. Deste modo, alimentando o crocodilo com a minha pessoa, eu recebo dele também alimento; depreende-se, pois, que nos alimentamos mutuamente. Mas, considerando que, mesmo para um crocodilo, é difícil digerir uma pessoa como eu, ele deve sentir, nessa ocasião, certo peso no estômago — estômago que ele, diga-se de passagem, não tem —, e eis a razão por que, procurando não causar uma dor supérflua ao monstro, eu raramente me viro. Poderia fazê-lo, mas, por humanidade, abstenho-me disso. Este é o único defeito da minha posição atual e, num sentido alegórico, Timofiéi Siemiônitch tem razão de me chamar de preguiçoso.[30] Mas eu vou demonstrar que mesmo deitado de lado, ou melhor, que somente assim deitado é que se pode transformar a sorte da humanidade. Todas as grandes ideias e a orientação dos nossos jornais e revistas foram geradas provavelmente por gente deitada de lado. Eis por que são chamadas ideias de gabinete; mas pouco importa que assim as chamem! Vou inventar agora todo um sistema social, e você não acreditará em como isto é fácil! Basta ir para um canto bem afastado ou para o bucho de um crocodilo, fechar os olhos e, no mesmo instante, se inventa um verdadeiro paraíso para toda a humanidade. Quando você me deixou, eu me pus no mesmo instante a inventar; já inventei três sistemas e estou preparando um quarto. É verdade que se torna necessário, primeiramente, negar tudo; mas é tão fácil negar estando dentro do crocodilo! Mais ainda, dentro do crocodilo tudo se torna como que mais evidente... Aliás, há certos inconvenientes na minha situação, embora insignificantes: o interior do crocodilo é um tanto úmido e como que recoberto de mucosidade, e, além disso, cheira um pouco a borracha, exatamente como as minhas galochas do ano passado. Eis tudo, não há outros inconvenientes.

— Ivan Matviéitch — interrompi eu —, tudo isso são coisas fantásticas, em que mal posso acreditar. Mas será possível, será possível que você pretenda nunca mais jantar?

— Com que tolices você se preocupa, cabeça fútil e ociosa! Eu lhe falo das grandes ideias, e você... Pois saiba que estou saciado tão somente com as grandes ideias, que iluminaram a noite ao redor de mim. Aliás, o bondoso dono do monstro, depois de conversar com a bondosíssima *Mutter*,

---

[30] Literalmente: que fica deitado de lado. (N. do T.)

O crocodilo

resolveu com ela, ainda há pouco, enfiar cada manhã entre as mandíbulas do crocodilo um tubo metálico curvo, semelhante a um flautim, e pelo qual eu poderia ingerir café ou caldo com pão branco. O flautim já foi encomendado na vizinhança, mas creio que é um luxo desnecessário. Espero viver pelo menos mil anos, se é verdade que os crocodilos vivem tanto; aliás, foi bom lembrá-lo, e peço-lhe que se informe amanhã mesmo em algum compêndio de história natural e me comunique o fato, pois eu posso ter-me enganado, confundindo o crocodilo com algum outro fóssil. Existe, porém, uma consideração que me deixa confuso: visto que estou com terno de casimira e de botas, o crocodilo, provavelmente, não consegue digerir-me. Além disso, estou vivo e, por esta razão, resisto com toda a minha vontade à digestão da minha pessoa, pois é compreensível que não me queira transformar naquilo em que todo alimento se transforma, pois seria demasiado humilhante para mim. Mas temo o seguinte: em mil anos, a casimira do meu terno, infelizmente de fabricação russa, pode apodrecer, e então, desprovido de roupas, talvez eu comece a ser digerido, apesar de toda a minha indignação; e embora de dia eu não permita isso de modo algum, de noite, dormindo, quando a vontade se separa do homem, posso ser vítima da mesma humilhante sorte de uma batata, de umas panquecas ou de carne de vitela. Semelhante ideia me deixa enfurecido. Só por esta razão, já seria necessário modificar a tarifa alfandegária e estimular a importação de casimiras inglesas, que são mais fortes e, por conseguinte, resistirão mais tempo à natureza, no caso de se ir parar dentro de um crocodilo. Na primeira oportunidade, comunicarei este meu pensamento a algum estadista, e também aos comentaristas políticos dos nossos jornais diários de São Petersburgo. Que façam um pouco de barulho. Estou prevendo que todas as manhãs vai acotovelar-se em volta de mim uma verdadeira multidão de jornalistas, armados de quartos de rublo fornecidos na redação, a fim de captar os meus pensamentos sobre os telegramas da véspera. Em suma, o futuro apresenta para mim a cor mais rósea.

"É a febre, a febre!", murmurava eu no íntimo.

— Meu amigo, e a liberdade? — aventurei, desejando conhecer plenamente sua opinião. Você está, por assim dizer, numa prisão, e o homem deve gozar a liberdade.

— Você é estúpido — respondeu. — Os homens selvagens amam a independência, enquanto os sábios amam a ordem, mas não há ordem...[31]

— Tenha dó, Ivan Matviéitch!

— Fique quieto e ouça! — exclamou esganiçadamente, aborrecido porque eu o interrompera. — Nunca meu espírito pairou tão alto. Em meu acanhado abrigo, temo apenas a crítica literária das revistas grossas[32] e as vaias dos nossos jornais satíricos. Tenho medo de que os visitantes levianos, os néscios e invejosos e, de modo geral, os niilistas me tornem alvo de sua chacota. Mas eu vou tomar medidas. Espero com impaciência os comentários do público amanhã e, sobretudo, o que escreverão os jornais. Comunique-me amanhã mesmo o que tiver saído neles.

— Está bem, vou trazer para cá, amanhã mesmo, uma pilha de jornais.

— Não se pode esperar já para amanhã repercussão na imprensa, pois as notícias tardam uns três dias a sair. Mas, a partir de hoje, venha todas as noites, pela entrada dos fundos, através do pátio. Pretendo utilizar você na qualidade de meu

---

[31] Segundo nota de I. Z. Siérman à edição soviética de 1956-58, trata-se de uma citação alterada de um trecho da novela de N. M. Karamzin *Marfa Possádnitza* (a mulher do *possádnik*, termo que designava, na Rússia Kieviana, um governador-geral nomeado pelo príncipe, e no Grande Nóvgorod, 1126-1478, e em Pskov, 1348-1510, um governador eleito). Karamzin escreveu: "Os povos selvagens amam a liberdade, enquanto os sábios amam a ordem: mas não há ordem sem um poder absoluto". (N. do T.)

[32] Publicações que se ocupavam geralmente de assuntos elevados. (N. do T.)

O crocodilo

secretário. Vai ler para mim jornais e revistas, e eu lhe ditarei os meus pensamentos e vou dar alguns encargos. Não esqueça sobretudo os telegramas. Que eu tenha aqui, diariamente, todos os telegramas da Europa. Mas chega; provavelmente, está agora com sono. Vá para casa e não pense no que eu disse ainda há pouco a respeito da crítica: não a temo, pois ela mesma encontra-se numa situação crítica. Basta ser sábio e virtuoso para que nos coloquem obrigatoriamente sobre um pedestal. Se não for um Sócrates, serei um Diógenes, ou ambos reunidos, eis o meu papel futuro na humanidade.

Deste modo leviano e insistente (é verdade que estava febril), Ivan Matviéitch apressava-se em expor-me a sua opinião, a exemplo das mulheres de ânimo fraco das quais diz o provérbio que não sabem guardar segredo. Ademais, pareceu-me extremamente suspeito tudo o que ele me comunicou sobre o crocodilo. Como era possível que o animal fosse completamente oco? Sou capaz de jurar que ele estava contando vantagem, em parte por vaidade e em parte para me humilhar. É verdade que ele estava doente, e é preciso fazer a vontade dos doentes; mas, confesso francamente, nunca suportei Ivan Matviéitch. A vida inteira, desde a infância mesmo, eu quis e nunca pude me livrar da sua tutela. Mil vezes desejei romper de vez com ele, mas, em cada ocasião dessas, via-me novamente impelido para ele, como se eu ainda esperasse convencê-lo de não sei o quê, e vingar-me por fim. Que estranha amizade! Posso seguramente afirmar que nove décimos dela era puro ódio. Todavia, daquela vez, despedimo-nos comovidos.

— O seu amigo é uma pessoa muito inteligente — disse-me a meia-voz o alemão, preparando-se para acompanhar-me; durante todo o tempo, estivera prestando atenção aplicadamente à nossa conversa.

— À propos — disse eu —, para não esquecer: quanto o senhor cobraria pelo seu crocodilo, se alguém resolvesse comprá-lo?

Ivan Matviéitch, que ouvira a pergunta, esperava curioso a resposta. Via-se que ele não queria que o alemão cobrasse pouco; pelo menos fungou de certo modo peculiar quando fiz a pergunta.

A princípio, o alemão nem quis ouvir e ficou até zangado.

— Ninguém se atreva a comprar meu crocodilo particular! — gritou enfurecido, enrubescendo como uma lagosta. — Eu não quero vender o crocodilo. Não aceitarei pelo crocodilo nem um milhão de táleres. Hoje, recebi do *publicum* cento e trinta táleres, amanhã terei dez mil táleres, depois vou receber todos os dias cem mil táleres. Não quero vender!

Ivan Matviéitch deu até um risinho de satisfação.

De coração confrangido, com sangue-frio e judiciosamente, pois estava cumprindo os deveres de um amigo verdadeiro, observei ao destrambelhado alemão que os seus cálculos não estavam de todo corretos; que, se ele tivesse cada dia cem mil visitantes, toda a população de São Petersburgo passaria por ali em quatro dias, e depois não haveria mais de quem cobrar ingresso; que somente Deus dispõe da vida e da morte, que o crocodilo podia levar a breca e Ivan Matviéitch adoecer e morrer etc. etc.

O alemão ficou pensativo.

— Pedirei umas gotas na farmácia — disse, depois de refletir —, e o seu amigo não morrerá.

— Quanto às gotas, vá lá — disse eu. — Mas lembre-se também de que pode ser dado início a um processo judicial. A esposa de Ivan Matviéitch pode exigir o seu legítimo esposo. O senhor está decidido a enriquecer, mas estará também disposto a estipular alguma pensão para Ielena Ivânovna?

— Não, eu não disposto! — respondeu o alemão, decidido e com severidade.

— Na-ão, não disposto! — acudiu também *Mutter*, com raiva.

— Pois bem, não será melhor que aceitem agora uma quantia, ainda que modesta, mas certa, indiscutível, do que se fiarem no desconhecido? Considero também meu dever acrescentar que não lhes pergunto isto apenas por curiosidade ociosa.

O alemão foi conferenciar com *Mutter* e conduziu-a para um canto da sala, onde ficava uma vitrine com o maior e mais horrendo macaco de toda a coleção.

— Vai ver uma coisa! — disse-me Ivan Matviéitch.

Quanto a mim, nesse momento, ardia de desejo de espancar fortemente o alemão, de espancar ainda mais a sua *Mutter* e, sobretudo, de espancar mais fortemente que a todos Ivan Matviéitch, a fim de castigar a sua desmedida vaidade. Mas tudo isto nada significava em comparação com a resposta do ganancioso alemão.

Depois de se aconselhar com a *Mutter*, exigiu pelo seu crocodilo cinquenta mil rublos, em títulos do último empréstimo interno, com sorteio, uma casa de pedra na Gorókhovaia, com uma farmácia para explorar, e tudo isto acrescido da patente de coronel do exército russo.

— Está vendo! — exclamou triunfante Ivan Matviéitch. — Eu bem que disse a você! Excetuando-se este insensato desejo de promoção a coronel, ele tem toda razão, pois compreende inteiramente o valor atual do monstro por ele exibido. O princípio econômico em primeiro lugar!

— Com licença! — gritei furioso para o alemão. — Por que se vai conceder ao senhor a patente de coronel? Qual foi seu feito, quais foram os seus serviços, qual a glória militar obtida? Depois de tudo isto, o senhor nega que é louco?

— Louco! — exclamou ofendido o alemão. — Não, eu sou um homem muito inteligente, e o senhor é muito estúpido! Eu mereço ser coronel porque expus um crocodilo que tem dentro um *Hofrat*[33] vivo. Que russo é capaz de mostrar

---

[33] Conselheiro da corte. No caso, provavelmente tradução canhestra do nome de uma categoria de funcionários públicos da Rússia czarista. (N. do T.)

50   Fiódor Dostoiévski

um crocodilo com um *Hofrat* vivo? Sou um homem muito inteligente e tenho muita vontade de ser coronel!

— Então, adeus, Ivan Matviéitch! — gritei, trêmulo de furor, e saí quase correndo da sala do crocodilo.

Sentia que um instante mais e eu não poderia conter-me. Eram intoleráveis as esperanças antinaturais daqueles dois imbecis. O ar frio me refrescou e atenuou em certa medida a minha indignação. Por fim, depois de cuspir energicamente umas quinze vezes, à direita e à esquerda, aluguei um carro. Cheguei em casa, tirei a roupa e atirei-me ao leito. O que mais me irritava era o fato de ter-me tornado secretário de Ivan Matviéitch. Agora teria de ficar lá, todas as noites, morrendo de tédio, para cumprir os deveres de amigo verdadeiro! Estava pronto a espancar-me por isto e, realmente, tendo apagado a vela e envolvendo-me no cobertor, bati algumas vezes com o punho na minha própria cabeça e em outras partes do corpo. Isto me aliviou um pouco, e acabei adormecendo profundamente, pois estava muito cansado. Sonhei a noite inteira somente com macacos, mas, logo ao amanhecer, sonhei com Ielena Ivânovna...

IV

Os macacos, suponho eu, me apareceram em sonho porque estavam encerrados na vitrine do crocodileiro, mas Ielena Ivânovna constituía já um assunto à parte.

Desde já, direi que eu amava esta senhora; mas apresso-me, e apresso-me a todo vapor, a esclarecer: amava-a como um pai, nem mais nem menos. Concluo isto porque muitas vezes me aconteceu sentir um desejo invencível de beijar-lhe a cabecinha ou o rostinho rosado. E, embora eu nunca tenha realizado isto, confesso que não me recusaria até a beijar-lhe os labiozinhos. E não só os labiozinhos, mas também os dentinhos, que ela sempre exibia de modo tão encantador, quan-

O crocodilo

do ria, qual uma fileira de pérolas bonitas e bem selecionadas. E ela ria com surpreendente frequência. Ivan Matviéitch, nas ocasiões de carinho, chamava-a de seu "simpático absurdo" — um nome sobremaneira justo e característico. Aquela mulher era um bombom, e nada mais. Por este motivo, não compreendo de modo nenhum por que Ivan Matviéitch achou de ver nela a Eugênia Tour russa. Em todo caso, o meu sonho, deixando-se de lado os macacos, causou-me uma impressão agradabilíssima e, examinando mentalmente, durante o chá matinal, todos os acontecimentos da véspera, decidi passar em casa de Ielena Ivânovna sem mais tardança, a caminho da repartição, o que, aliás, devia fazer na própria qualidade de amigo da casa.

Encontrei-a na saleta minúscula junto ao quarto de dormir, e que eles chamavam de pequena sala de visitas — embora a grande sala de visitas fosse igualmente pequena —, sentada num divãzinho elegante, diante de uma mesinha de chá, vestida com um roupãozinho matinal um tanto vaporoso; tomava café numa xicrinha, molhando nele uma torrada ínfima. Estava sedutora, mas pareceu-me pensativa.

— Ah, é você, seu brincalhão?! — disse ela, recebendo-me com um sorriso distraído. — Sente-se, cabeça de vento, e tome café. O que fez ontem? Esteve no baile de máscaras?

— E você esteve lá, por acaso? Eu não costumo ir... e, além disso, fui visitar o nosso prisioneiro...

Suspirei e, aceitando o café, compus uma expressão compenetrada.

— Quem? Que Prisioneiro? Ah, sim! Coitado! Bem, ele se aborrece? Mas, sabe... eu queria perguntar a você... Acho que poderia requerer agora divórcio, não?

— Divórcio! — exclamei indignado e quase derrubei o café. "É aquele escurinho!", pensei furioso.

Existia realmente certo indivíduo escurinho, de bigodinho, que trabalhava em construções e que ia à casa deles com demasiada frequência e sabia muito bem fazer Ielena Ivânovna rir. Confesso que eu o odiava, e não havia dúvida de que se encontrara na véspera com Ielena Ivânovna, no baile de máscaras, ou talvez ali mesmo, e lhe dissera toda espécie de tolices!

— E então? — apressou-se de repente Ielena Ivânovna, como alguém que tivesse decorado a lição. — Quer dizer que ele vai permanecer lá, dentro do crocodilo, e talvez passe a vida toda assim, e eu tenho de esperá-lo aqui?! Um marido tem que residir em casa e não dentro de um crocodilo...

— Mas é que se trata de uma circunstância imprevista — comecei, preso de compreensível perturbação.

— Ah, não, não me diga isso! Não quero, não quero! — gritou ela, de súbito completamente aborrecida. — Você me contraria sempre, imprestável que é! Não se obtém nada de você, é incapaz de um conselho! Até pessoas estranhas já me afirmaram que o divórcio me será concedido porque Ivan Matviéitch agora não vai mais receber ordenado.

— Ielena Ivânovna! É você mesma que estou ouvindo? — gritei em tom patético. — Que malvado lhe poderia ter sugerido isto?! O próprio divórcio se torna de todo impossível por um motivo tão frágil como o ordenado. E o pobre, o pobre Ivan Matviéitch arde, por assim dizer, de amor por você, mesmo nas profundezas daquele monstro. Mais ainda: derrete-se de amor como um torrãozinho de açúcar. Ainda ontem à noite, enquanto você se divertia no baile de máscaras, ele me lembrou que, em último caso, talvez se decida a chamá-la, na qualidade de sua esposa legítima, para junto de si, para aquelas profundezas, tanto mais que o crocodilo é bem espaçoso não só para duas, mas até para três pessoas...

E contei-lhe logo toda essa interessante parte da minha conversa da véspera com Ivan Matviéitch.

— Como, como! — exclamou ela com espanto. — Você quer que eu também me introduza lá, para juntar-me a Ivan Matviéitch? Quanta fantasia! E como vou fazer isto, assim de chapeuzinho e crinolina? Meu Deus, que tolice! E que figura faria eu quando me estivesse introduzindo lá, se alguém talvez me espiasse. É ridículo! E o que vou comer ali?... E... como me arranjarei quando... Ah, meu Deus, o que eles foram inventar!... E que distrações há por lá?... Você diz que aquilo tem um cheiro de goma-elástica? E, no caso de eu brigar com ele, ainda continuaremos deitados lado a lado? Ui, como é nojento!

— Concordo, concordo com todos estes argumentos, queridíssima Ielena Ivânovna interrompi, ansiando por expressar-me com aquele compreensível arrebatamento que sempre se apodera da pessoa que sente estar com a verdade. — Mas você não avaliou uma circunstância em tudo isto; quero dizer, não avaliou que ele não pode viver sem você e por isto a está chamando; isto significa que se trata de amor, um amor ardente, fiel... Você não avaliou o amor, minha cara Ielena Ivânovna, o amor!

— Não quero, não quero, não quero ouvir nada! — Sacudiu a mãozinha bonita, em que brilhavam unhinhas recém-lavadas e limpas com escovinha. — Seu antipático! Vai obrigar-me a chorar. Vá você mesmo para lá, se isto lhe agrada. Você é amigo dele; pois vá deitar-se ao seu lado, por amizade, e fiquem lá discutindo a vida toda não sei que ciências maçantes...

— É em vão que você caçoa assim desta possibilidade — disse eu, interrompendo com ar grave aquela fútil mulher. — De fato, Ivan Matviéitch já me chamou para lá. Está claro que, no seu caso, o dever a impele; mas, no meu, trata-se simplesmente de generosidade. E ontem, falando-me da extraordinária elasticidade do crocodilo, Ivan Matviéitch fez uma alusão bem clara ao fato de que não só vocês dois, mas também eu, na qualidade de amigo da casa, poderia ficar junto, sobretudo se eu o quisesse, e por isso...

— Como assim, os três?! — exclamou Ielena Ivânovna, olhando-me com espanto. — Então, nós... ficaremos lá assim, os três? Ha, ha, ha! Como vocês dois são estúpidos! Ha, ha, ha! Eu passarei lá o tempo todo beliscando você, sem falta, seu imprestável. Ha, ha, ha! Ha, ha, ha!

E, deixando-se descair sobre o espaldar do divã, riu até chorar. Tanto as lágrimas como o riso eram tão tentadores que não me contive e, arrebatado, comecei a beijar-lhe as mãozinhas, ao que ela não se opôs; apenas me puxou de leve as orelhas, em sinal de pazes.

Ficamos muito alegres, e eu lhe contei minuciosamente todos os planos que Ivan Matviéitch expusera na véspera. Agradou-lhe particularmente a ideia das recepções e do salão.

— Mas será necessário encomendar muitos vestidos novos — observou —, e por isto é preciso que Ivan Matviéitch me mande o seu ordenado o quanto antes e na maior quantidade possível... Apenas... apenas, como é que — acrescentou pensativa — como é que vão trazê-lo a minha casa naquela tina? É muito ridículo. Não quero que o meu marido seja carregado numa tina. Terei muita vergonha perante as visitas... Não quero, não, não quero.

— A propósito, para não esquecer, Timofiéi Siemiônitch esteve aqui ontem à noite?

— Ah, esteve sim; veio consolar-me e, imagine, ficamos jogando cartas o tempo todo. Quando ele perdia, dava-me bombons, e quando perdia eu, beijava-me as mãos. Tão imprestável e, imagine, quase foi ao baile de máscaras comigo. Realmente!

— Arrebatamento! — observei. — E quem é que não fica arrebatado por você, sedutora!

— Lá vem você com os seus galanteios! Espere, vou-lhe dar um beliscão como despedida. Aprendi a beliscar terrivelmente bem. E então, que tal?! E, a propósito, você diz que Ivan Matviéitch falou ontem de mim com frequência?

— Nã-ã-ão, não é que falasse muito... Confesso-lhe que, atualmente, o que faz mais é pensar nos destinos de toda a humanidade e pretende...

— Pois bem, que fique com isso! Não conte mais nada!

O crocodilo

Deve ser muito aborrecido. Um dia desses vou fazer-lhe uma visita. Ou melhor, irei amanhã sem falta. Hoje não; estou com dor de cabeça e, além disso, haverá tanta gente lá... Vão dizer: é a mulher dele. Vão deixar-me envergonhada... Até a vista. De noite, você estará... lá?

— Junto dele, sim, junto dele. Disse-me que eu fosse e levasse jornais.

— Ótimo. Vá para junto dele e leia-os. E não venha hoje a minha casa. Estou adoentada e talvez vá fazer uma visita. Bem, até a vista, brincalhão.

"À noite ela vai receber aqui o tal escurinho", pensei.

Na repartição, naturalmente, nem deixei transparecer que era acometido por tais cuidados e afazeres. Mas logo notei que alguns dos nossos jornais mais progressistas começaram, naquela manhã, a passar com particular velocidade de mão em mão, entre os meus colegas, sendo lidos com expressões de rosto extraordinariamente sérias. O primeiro que pude ler foi *A Folhinha*,[34] jornalzinho sem qualquer orientação especial, mas de caráter humanitário em geral, pelo que era comumente desprezado em nosso meio, mas lido assim mesmo. Espantado, achei o seguinte:

> Ontem, em nossa vasta capital, ornada de magníficos edifícios, espalharam-se boatos incomuns. Um certo N., conhecido gastrônomo da alta sociedade, provavelmente enfastiado com a cozinha do Borel[35] e do clube de N..., entrou no edifício da Passagem, dirigiu-se ao local em que se exibe um enor-

[34] Trata-se do jornal *Pietierbúrgski Listók* (*A Folhinha de Petersburgo*), que tinha como subtítulo: "Jornal Literário e da Vida Citadina". Este periódico, lançado em 1864, tratava exclusivamente dos acontecimentos ocorridos na cidade. (Informação de I. Z. Siérman, em nota à edição soviética de 1956-58). (N. do T.)

[35] Restaurante caro da época. (N. do T.)

me crocodilo, recém-trazido à capital, e exigiu que este lhe fosse preparado para o jantar. Combinado o preço com o dono do estabelecimento, passou a devorá-lo ali mesmo (isto é, não ao dono da casa, um alemão assaz pacífico e propenso à pontualidade e exatidão, mas ao seu crocodilo), ainda vivo, cortando os pedaços sumarentos com um canivete e engolindo-os com extraordinária rapidez. Pouco a pouco, todo o crocodilo desapareceu em suas nédias profundezas, de modo que ele já se preparava até para passar ao icnêumon,[36] companheiro constante do crocodilo, supondo talvez que fosse igualmente saboroso. Não somos de modo algum contrários ao uso deste novo manjar, há muito já conhecido dos gastrônomos estrangeiros. Chegamos até a predizer isto. Lordes ingleses e outros viajantes costumam caçar no Egito crocodilos em grandes lotes e aproveitam-lhes o lombo, em forma de bife, com mostarda, cebola e batata. Os franceses, que aí chegaram acompanhando Lesseps,[37] preferem as patas, assadas no borralho, o que, aliás, fazem como um desaforo aos ingleses, que deles caçoam. Provavelmente, um e outro prato serão apreciados em nosso meio. De nossa parte, estamos contentes com o novo ramo da indústria, que fundamentalmente falta à nossa poderosa e multiforme pátria. Após este primeiro crocodilo, desaparecido nas profundezas do gastrônomo de nossa cidade, não passará

[36] Mamífero carnívoro chamado cientificamente de *Herpestes ichneumon* Gray. O nome de icnêumone é estendido às vezes a todos os animais do gênero *Herpestes*. Os antigos egípcios tinham o icnêumon em alto apreço, por julgar que devorasse ovos de crocodilo. (N. do T.)

[37] Na época, estava em construção o Canal de Suez, sob a direção de Ferdinand de Lesseps. (N. do T.)

provavelmente um ano, e por certo hão de trazer centenas deles para o nosso país. E por que não aclimatar o crocodilo na Rússia? Se a água do Nievá[38] é por demais fria para estes interessantes forasteiros, a capital tem ainda açudes e, fora da cidade, existem riachos e lagos. Por que, por exemplo, não criar crocodilos em Pargolov ou em Pavlovsk, e em Moscou, nos açudes Priésnienskie no Samotiók? Fornecendo um alimento agradável e sadio aos nossos refinados gastrônomos, eles poderiam ao mesmo tempo alegrar as senhoras que passeiam junto a esses açudes e constituir para as crianças uma lição de história natural. Com o couro dos crocodilos, poderiam fabricar estojos, malas, cigarreiras e carteiras de notas. E provavelmente muitos milhares de rublos, em forma de ensebadas cédulas, pertencentes aos nossos comerciantes — que lhes dão especial preferência —, se acomodariam dentro de couro de crocodilo. Esperamos tratar ainda mais de uma vez deste interessante assunto.

Embora eu pressentisse algo no gênero, o inopinado desta notícia me deixou confuso. Não encontrando com quem partilhar minhas impressões, dirigi-me a Prókhor Sávitch, sentado à minha frente, e notei que ele há muito me seguia com os olhos, tendo nas mãos o número de O Cabelo, e como que pronto a passá-lo para mim. Recebeu em silêncio A Folhinha, transmitindo-me O Cabelo, marcou fortemente com a unha um artigo para o qual provavelmente queria chamar minha atenção. Este nosso Prókhor Sávitch era pessoa muito estranha: solteirão velho e calado, não mantinha qualquer espécie de relação com nenhum de nós, não falava com qua-

---

[38] Rio que banha São Petersburgo. (N. do T.)

Fiódor Dostoiévski

se ninguém no trabalho, tinha sempre sua própria opinião a respeito de qualquer assunto, mas não suportava comunicá-la a alguém. Vivia só. Quase nenhum de nós tinha estado em sua casa.

Eis o que li no lugar marcado em *O Cabelo*:

Todos sabem que somos progressistas e humanos e que, neste sentido, procuramos às carreiras alcançar a Europa. Mas, apesar de todo o nosso empenho e dos esforços de nosso jornal, ainda estamos longe de ter "amadurecido"[39] como o testemunha o revoltante fato que se deu ontem na Passagem e que já havíamos predito. Chega à nossa capital um proprietário estrangeiro, trazendo consigo um crocodilo, e começa a exibi-lo na Passagem. Apressamo-nos imediatamente a saudar um novo ramo de indústria útil, que de modo geral falta à nossa poderosa e multiforme pátria. Mas eis que ontem, de repente, às quatro e meia da tarde, aparece na loja do proprietário estrangeiro certa pessoa desmesuradamente gorda e em estado de embriaguez; paga o ingresso e, no mesmo instante, sem qualquer aviso prévio, introduz-se pela goela do crocodilo, o qual, naturalmente, não tinha outro remédio senão engoli-lo, até por mero sentimento de autodefesa, para não engasgar. Deixando-se cair nas entranhas do animal, o desconhecido imediatamente adormece. Não lhe causaram qualquer impressão nem os gritos do proprietário estrangeiro nem os soluços da

---

[39] Segundo nota de I. Z. Siérman à edição soviética de 1956-58, a expressão "ainda estamos longe de ter amadurecido" foi dita em 1859 por E. I. Lamânski (1825-1902), numa discussão sobre a situação da Sociedade Russa de Comércio e Navegação, tornando-se depois corrente e sendo citada com frequência pela imprensa, na década de 1860. (N. do T.)

O crocodilo

sua assustada família nem as ameaças de chamar a polícia. De dentro do crocodilo, vinha apenas um gargalhar e a promessa de liquidar o caso a vergastadas (sic), e o pobre mamífero, forçado a engolir massa tão considerável, derrama abundantes lágrimas. Um hóspede não convidado é pior que um tártaro,[40] mas, apesar deste provérbio, o insolente visitante não se decide a sair. Não sabemos sequer como explicar fatos tão bárbaros, que testemunham a nossa imaturidade e nos enxovalham aos olhos dos estrangeiros. A largueza do temperamento russo encontrou aí uma digna aplicação. É caso de se perguntar: o que queria o indesejável visitante? Uma acomodação aquecida e confortável? Mas em nossa capital existem numerosos e magníficos prédios, com apartamentos baratos e assaz confortáveis, com água canalizada do Nievá e uma escada iluminada a gás, junto à qual os proprietários colocam, não raro, um porteiro. Chamamos ainda a atenção dos nossos leitores para o tratamento bárbaro dispensado a animais domésticos: está claro que é difícil ao crocodilo forasteiro digerir de uma vez tão considerável massa, e agora ele jaz inflado como uma montanha, esperando a morte, em meio a sofrimentos intoleráveis. Na Europa, há muito tempo já se perseguem judicialmente os que tratam de modo desumano os animais domésticos. Mas, apesar da iluminação europeia, das calçadas europeias, da arquitetura europeia, ainda levaremos muito tempo a abandonar os nossos preconceitos íntimos.

---

[40] Provérbio russo. A alusão aos tártaros é devida às invasões e aos assaltos que os tártaros efetuaram durante séculos seguidos, na Idade Média, contra os territórios russos. (N. do T.)

Em casas novas, mas com velhos preconcei-tos,[41] e as próprias casas, não é que sejam novas, mas, pelo menos, as escadas são. Já lembramos mais de uma vez em nosso jornal que, num arrabalde da cidade, em casa do comerciante Lukianov, os degraus da escada de madeira, que já desabaram em parte, estão apodrecidos, sendo que os inferiores há muito constituem um perigo para a mulher de soldado Afímia Skapidárova, que se encontra a seu serviço, e que tem de subir frequentemente por aquela escada, carregando água ou um feixe de lenha. Finalmente, realizaram-se as nossas predições: ontem às oito e meia da noite a mulher de soldado Afímia Skapidárova caiu da escada, quando carregava uma sopeira, e quebrou a perna. Não sabemos se Lukianov vai consertar agora a sua escada; os russos têm a cabeça dura, mas a vítima do russo talvez já tenha sido levada para o hospital. Do mesmo modo, não nos cansaremos de repetir que os zeladores de edifícios, que limpam a lama das calçadas na Víborgskaia, não devem sujar os pés dos transeuntes, mas sim acumular a lama em montículos, a exemplo do que se faz na Europa, ao se limparem as botas... etc.

— Mas o que é isto? — disse eu, olhando um tanto perplexo para Prókhor Sávitch. — O que é isto, afinal?

— O quê?

— Veja, por favor: em lugar de lamentar Ivan Matviéitch, lamentam o crocodilo.

— E por que não? Tiveram pena até de um animal selva-

---

[41] Verso da comédia de Aleksandr Griboiédov (1795-1829) *A desgraça de ter espírito*. (N. do T.)

O crocodilo

gem, de um *mamífero*. Em que somos diferentes da Europa? Lá também se tem muita pena dos crocodilos. Ih, ih, ih!

Dito isso, o original Prókhor Sávitch baixou o nariz para os seus papéis e não disse mais palavra.

Meti no bolso *O Cabelo* e *A Folhinha* e reuni ainda, para divertimento noturno de Ivan Matviéitch, todos os números atrasados das *Notícias* e de *O Cabelo* que pude encontrar; e, embora ainda faltasse muito para o anoitecer, escapei o quanto antes da repartição, a fim de ficar um pouco na Passagem e ver ao menos de longe o que ocorria por lá e ouvir a diversidade de opiniões do vulgo. Pressenti que ali eu iria encontrar verdadeira multidão e, por via das dúvidas, escondi bem o rosto na gola do capote, pois me sentia um pouco envergonhado: a tal ponto estamos desacostumados da publicidade! Mas pressinto que não tenho o direito de transmitir as minhas impressões particulares, prosaicas, em vista de um acontecimento tão admirável e original.

OS RASCUNHOS PARA O CROCODILO

Boris Schnaiderman

O texto incluído neste livro é a tradução das edições russas correntes, que se baseiam no que Dostoiévski preparou em 1865 para uma edição de suas obras. Na publicação da revista *Epokha*, ele vinha precedido de uma longa nota da redação (evidentemente redigida pelo autor), na qual se contava que fora transmitido pelo "senhor Fiódor Dostoiévski", a quem teria sido entregue por um desconhecido, designado por ele como Siemión Strijóv ("Não se sabe por quê", acrescentava a nota).

Nos arquivos russos conservam-se os cadernos em que Dostoiévski ia lançando o texto deste conto. Além das variantes do que foi publicado em *Epokha*, aparecem ali anotações datadas de janeiro-fevereiro de 1865, correspondentes, portanto, a uma futura continuação.

Figuram nelas discussões na imprensa sobre o funcionário engolido pelo crocodilo. Uma das revistas protesta contra a opressão "antiliberal" sobre o animal, enquanto uma segunda afirma que "a criatura engolida é mais liberal que seu engolidor", e há mais discussões sobre "o princípio econômico" e também protestos contra a exploração a que fora submetido o pobre animal.

O crocodilo apaixona-se pela *Mutter* do empresário. Este se zanga, enciumado, fica atacando o bicho com uma vareta e acaba levando-o de volta à África.

Num dos episódios, o funcionário consegue escapar do ventre do "mamífero". Surgem-lhe então dúvidas: "Será que vão me aceitar de volta na repartição? É verdade que fui exibido por dinheiro, mas quem é que hoje em dia não se exibe por dinheiro?".

As anotações em boa parte se referem à mulher do funcionário, Ielena Ivânovna (em outra passagem, ela é Matriona Pietrovna), que tem um comportamento desregrado enquanto o marido está dentro do crocodilo. Ela conta ao narrador: "Vou pedir divórcio, porque um marido tem de viver em casa, e ele vive dentro do crocodilo. Dizem-me que o divórcio é certo, porque ele agora não recebe ordenado".

Aliás, tendo arranjado um amante, fica ofendida porque o marido não se opõe a isto.

O crocodilo regurgita, o que faz o funcionário pensar: "Depois do primeiro dia de exposição pública, isto *não é muito nobre*". E logo a seguir passa a se imaginar como o marquês *del Crocodillo* ou o marquês *Crocodillo del Crocodillo* (além do nome italiano, o escritor sugere uma relação com o francês *croquer* — o gosto de Dostoiévski pelas onomatopeias!). Fica também ruminando: "Será que eu constituo uma propriedade jurídica?", e tem medo de se tornar parte do corpo do animal. Dúvida: "Pertenço ao crocodilo ou o crocodilo me pertence?".

Outros pensamentos: "Eu fui niilista contra a minha vontade. Todo niilista é niilista contra a vontade. Não seria o caso de aderir ao solo? Em que o dono do crocodilo é pior que Murilo? Tenho medo de que pensem que estou falando mal dos ministros ou de outras pessoas". (É esta mesma a sequência da anotação.)

Observação por uma voz não identificada: "O *Times* decide que nós precisamos de uma classe média,[1] logo, de capital e dos direitos do capital, logo, de uma burguesia, logo, devemos conceder privilégios, pois sem isto não haveria fi-

---

[1] No original, evidentemente, o termo usado não é "classe", que ainda não era de uso corrente.

nanças. Portanto, é preciso conceder privilégios ao crocodileiro".

Há diálogos cheios de *non-sense* entre o narrador e o funcionário. Numa passagem, este fala em redigir um requerimento para que a mulher lhe seja enviada sob escolta:

"— E a humanidade?
— Que humanidade? Cada um vive para si.
— Para que precisa dela?
— Está sujando o meu nome.
— Ah, o nome? E onde fica então o liberalismo? Quer dizer que você defende a ordem vigente.
— Assim deve proceder cada um. Eu devo defender a minha maior vantagem, e, se a sociedade reconhecer que são vantajosas novas relações econômicas, nós dois vamos nos unir com igualdade de direitos.
— Mas é preciso saber em que consiste a verdadeira vantagem. E se ela não quiser?
— Vamos obrigá-la.
— Portanto, defende a coação?
— É claro, uma administração forte, robusta, é a condição primeira [...] Ninguém pode saber melhor do que eu o que é mais vantajoso para mim. O mais vantajoso para mim sou eu, eu próprio."

Paralelamente a esta e outras tiradas em que se parodia a argumentação dos defensores de um desenvolvimento capitalista na Rússia, as anotações vão passando a uma linguagem versificada, rica em jogos de linguagem, embora evidentemente a redação não estivesse concluída.

Nas passagens em verso aparece novamente a mulher do funcionário. Não se sabe como ela vai surgir já nas margens do Nilo, onde, "enfastiada de homem", chama o crocodilo e lhe entrega o "corpo pecador". Aliás, há um momento em

Os rascunhos para *O crocodilo*

que ela pergunta ao parceiro: "Por que me morde?". Este bate a cauda na água e envolve com ela a mulher enlanguescida.

> "E os dentes no meu corpo,
> Sensual, ele cravou."

Depois disso, ela passa a morder os novos companheiros de jogo amoroso.

Entre os rascunhos, figuram ainda variantes da nota prévia "da redação" (o que mostra a preocupação de Dostoiévski com o heterônimo, eliminado na redação final) e algumas anotações para possíveis jogos de palavras, como o trocadilho: *glist* (lombriga)/*ni guilist* (niilista).

Depois de trabalhar a minha tradução de *O crocodilo* (a primeira versão é de 1960), pareceu-me importante dar pelo menos este resumo dos apontamentos de Dostoiévski para uma possível continuação do conto.

NOTAS DE INVERNO
SOBRE IMPRESSÕES DE VERÃO

1.
EM LUGAR DE PREFÁCIO

Faz tantos meses já que vocês, meus amigos, me pedem que lhes descreva o quanto antes as minhas impressões do estrangeiro, sem desconfiar que, com este pedido, simplesmente me põem num beco sem saída. O que hei de lhes escrever? O que direi de novo, que ainda seja desconhecido e não tenha sido contado? Quem de nós, russos (pelo menos dos que leem revistas), não conhece a Europa duas vezes melhor que a Rússia? Escrevi duas por delicadeza, mas o certo seria dizer dez vezes. Ademais, além dessas considerações gerais, vocês sabem que nada tenho de especial para contar, e ainda menos para anotar ordenadamente, pois nada vi em ordem, e, se cheguei a ver algo, não tive tempo de examiná-lo. Estive em Berlim, Dresden, Wiesbaden, Baden-Baden, Colônia, Paris, Londres, Lucerna, Genebra, Gênova, Florença, Milão, Veneza, Viena, e em alguns desses lugares por duas vezes, percorrendo tudo isto em dois meses e meio exatos! Mas pode-se acaso examinar algo decentemente, tendo passado por tantos caminhos em dois meses e meio? Vocês estão lembrados, tracei o meu itinerário com antecedência, ainda em Petersburgo. Nunca estivera no estrangeiro; ansiava por essa viagem quase desde a primeira infância, ainda quando, nos longos serões de inverno, antes de ter aprendido a ler, ouvia, boquiaberto e petrificado de êxtase e horror, a leitura que meus pais faziam, antes de dormir, dos romances de Radcliffe,[1] que de-

---

[1] Ann Radcliffe (1764-1823), escritora inglesa, autora de romances de mistério e terror. (N. do T.)

pois me faziam delirar em febre. Consegui escapar finalmente para o estrangeiro aos quarenta anos e, está claro, queria não só ver o mais possível, mas até ver tudo, absolutamente tudo, apesar do tempo escasso. Ademais, era absolutamente incapaz de escolher os lugares a sangue-frio. Meu Deus, o que não esperava desta viagem! "Vá lá que não examine nada em pormenor", pensava, "mas, em compensação, terei visto tudo, estado em toda parte; e de tudo o que vir ficará uma impressão de conjunto, um panorama geral. Todo o 'país das santas maravilhas'[2] vai apresentar-se de uma vez aos meus olhos, a voo de pássaro, como a Terra da Promissão em perspectiva do alto da montanha.[3] Numa palavra, há de resultar uma impressão nova, magnífica, intensa. E agora, em casa, que é que me entristece mais, ao lembrar as minhas peregrinações de verão? Não é o fato de nada ter examinado minuciosamente, mas o de ter estado quase em toda a parte e ter deixado, por exemplo, de visitar Roma. E, mesmo que fosse a Roma, talvez deixado de ver o Papa...". Em suma, tomou conta de mim certa sede insaciável de coisas novas, de mudanças de lugar, de impressões gerais, sintéticas, panorâmicas, em perspectiva. Mas o que esperam vocês de mim, depois de semelhantes confissões? O que lhes vou contar? O que lhes representarei? Um panorama, uma perspectiva? Algo a voo de pássaro? Mas, então, serão talvez os primeiros a dizer-me que voei demasiado alto. Além disso, eu me considero uma pessoa de consciência, e de modo nenhum gostaria de mentir, mesmo na qualidade de viajante. E, realmente, se começar a representar e descrever a vocês um só panorama que seja, hei de mentir inevitavelmente, e isto não será pelo fato de ser um

---

[2] Expressão empregada por A. C. Khomiakóv no poema "Devaneio" (1834). (Nota de I. Z. Siérman à edição soviética de 1956-58.)

[3] Alusão ao episódio bíblico narrado no Deuteronômio (XXXIV, 1--5): Moisés subiu das campinas de Moab ao monte Nebo, do alto do qual viu toda a Terra da Promissão, morrendo em seguida. (N. do T.)

viajante, mas simplesmente porque, nas minhas circunstâncias, é impossível deixar de mentir. Julguem vocês mesmos: Berlim, por exemplo, causou-me a mais azeda impressão, e passei ali apenas um dia. E eu sei agora que sou culpado perante Berlim e que não devo afirmar positivamente que essa cidade produz em geral uma impressão azeda. Será pelo menos agridoce, não azeda, simplesmente. Mas por que teria ocorrido este meu lamentável engano? Decididamente porque eu, um homem doente, que sofre do fígado, passei dois dias aos trancos, num trem de ferro, através da chuva e da névoa, e, ao chegar a Berlim, insone, amarelo, cansado, alquebrado, percebi de repente, ao primeiro olhar, que Berlim é incrivelmente parecida com Petersburgo. As mesmas ruas enfileiradas, os mesmos cheiros, os mesmos... (mas não é caso de se enumerarem sempre as mesmas coisas!). "Ufa! Meu Deus", pensei comigo mesmo, "valia a pena alquebrar-me dois dias seguidos num vagão, para ver agora aquilo mesmo de que escapei?". Mesmo as tílias não me agradaram,[4] embora o berlinense seja capaz de sacrificar pela sua conservação tudo o que tiver de mais caro, talvez a própria constituição; e que tem ele de mais caro que a constituição? Ademais, os próprios berlinenses tinham uma aparência tão alemã que, mesmo sem atentar nos afrescos de Kaulbach (que horror!),[5] escapei o quanto antes para Dresden, profundamente convencido, no íntimo, de que é preciso a gente acostumar-se aos alemães de modo peculiar e que, não se estando acostumado, é muito difícil suportá-los quando em grande número. E em Dresden tornei-me culpado até perante as alemãs: mal saí para a rua, tive a impressão de que não existe nada mais repugnante que

[4] Alusão à famosa Unter den Linden (Sob as Tílias), uma das avenidas centrais de Berlim. (N. do T.)

[5] Afrescos históricos e alegóricos no edifício do Novo Museu de Berlim, realizados em 1845-65 pelo pintor alemão Wilhelm Kaulbach (1805--1874). (Nota de I. Z. Siérman à edição soviética de 1956-58.)

Notas de inverno sobre impressões de verão

o tipo de mulher de Dresden, e que o próprio cantor do amor, Vsiévolod Kriestóvski,[6] o mais convicto, o mais alegre dos poetas russos, ficaria ali completamente perdido e talvez até passasse a duvidar da sua vocação. Mas, naturalmente, no mesmo instante, percebi que era tolice e que ele não poderia duvidar dessa vocação, quaisquer que fossem as circunstâncias. Duas horas depois, tudo se explicou: voltando para o meu quarto de hotel e pondo para fora a língua, diante do espelho, eu me convenci de que o juízo sobre as damas de Dresden assemelhava-se à mais negra calúnia.

A minha língua estava amarela, maligna... "E será possível, será possível que o homem, este rei da natureza, dependa em semelhante grau do seu próprio fígado?", pensei. "Que baixeza!" Foi com tais pensamentos consoladores que viajei para Colônia. Confesso que esperava muito da Catedral; era com veneração que eu reproduzia os seus traços, quando jovem e estudante de arquitetura.[7] Ao passar novamente por Colônia, regressando de Paris, um mês depois, vi a Catedral pela segunda vez, e quis "pedir-lhe perdão de joelhos", por não haver percebido, da primeira vez, a sua beleza, exatamente como Karamzin se ajoelhara, com idêntico propósito, ante a Catarata do Reno.[8] Todavia, daquela primeira vez, a catedral não me agradara de modo algum: tive a impressão de que era renda, unicamente renda, uma coisinha de vitrina, no gênero de pesa-papéis de escrivaninha, com a altura de uns setenta *sajens*.[9] "Falta grandiosidade", decidi, exatamente

[6] 1840-1895. (N. do T.)

[7] Alusão aos estudos na Escola de Engenharia Militar, pela qual Dostoiévski se formou em 1843. (N. do T.)

[8] N. M. Karamzin escreveu, nas *Cartas de um viajante russo*, sobre a sua segunda visita à Catarata do Reno: "Eu me deliciava e estava pronto a pedir de joelhos desculpas ao Reno por ter falado da sua queda, na véspera, com tamanha desconsideração". (N. do T.)

[9] *Sajem*: medida russa correspondente a 2,13 m. (N. do T.)

como os nossos avós julgavam outrora Púchkin. "É leve, inventa demais, pouca elevação."[10] Suspeito que este meu primeiro juízo tenha sido influenciado por duas circunstâncias, a primeira das quais foi a água-de-colônia. Jean Maria Farina[11] está instalado pertinho da catedral, e, em qualquer hotel que você se hospede, em qualquer disposição de ânimo que se encontre, por mais que se oculte de seus inimigos em geral e de Jean Maria Farina em particular, os agentes deste hão de encontrar você inexoravelmente, e então será "Eau de Cologne ou la vie",[12] não haverá outra escolha. Não posso afirmar com absoluta segurança que eles gritem exatamente estas palavras: "Eau de Cologne ou la vie", mas — quem sabe? — talvez seja exatamente assim. Lembro-me de que então me pareceu ouvi-lo, o tempo todo. A segunda circunstância que me irritou, tornando-me injusto, foi a nova ponte de Colônia.[13] A ponte, está claro, é excelente, e a cidade orgulha-se dela com justiça, mas eu tive a impressão de que se orgulhava em demasia. Naturalmente, isto me irritou na mesma hora. Ademais, o cobrador de níqueis, à entrada da ponte magnífica, não deveria de modo algum me ter cobrado aquele razoável imposto com o ar de quem me estivesse exigindo multa por alguma transgressão que eu inocentemente tivesse cometido. Não sei, mas tive a impressão de que o alemão assumia atitude insolente. "Com certeza, adivinhou que sou estrangeiro e, particularmente, russo", pensei. Pelo menos, os seus olhos quase deixavam escapar: "Você está vendo a nossa ponte, russo desprezível; pois bem, você é um verme peran-

[10] As primeiras obras de A. S. Púchkin, o poeta nacional russo, foram recebidas com bastante hostilidade pela crítica. (N. do T.)

[11] Giovanni Maria Farina (1686-1766) fundou uma fábrica de água-de-colônia naquela cidade. (N. do T.)

[12] "Água-de-colônia ou a vida", em francês. (N. do T.)

[13] Ponte sobre o Reno, construída em 1860. (Nota de I. Z. Siérman à edição soviética de 1956-58.)

te a nossa ponte e perante cada alemão, porque na sua terra não existe uma ponte assim". Convenham comigo que é vexatório. O alemão, naturalmente, não disse nada disso; é possível que nem lhe passasse pela mente tal coisa, mas é o mesmo: eu estava então a tal ponto convencido de que ele queria dizer exatamente aquilo que me exaltei de vez. "Com os diabos", pensei, "nós inventamos o samovar... temos revistas... Em nossa terra, fabricam-se artigos para oficiais do exército... em nossa terra...". Numa palavra, fiquei irritado e, depois de comprar um frasco de água-de-colônia (da qual não consegui escapar), desloquei-me imediatamente às carreiras para Paris, esperando que os franceses fossem muito mais simpáticos e divertidos. Agora, julguem vocês mesmos: se eu me tivesse dominado, permanecendo em Berlim não um dia, mas uma semana, outro tanto em Dresden, uns três dias, ou mesmo dois, em Colônia, certamente uma segunda ou terceira vez teria olhado com outros olhos para os mesmos objetos e formado a seu respeito uma noção mais decente. Mesmo um raio de sol, um simples raio de sol, significa muito no caso: se ele brilhasse sobre a catedral como brilhou por ocasião da minha segunda passagem pela cidade de Colônia, o edifício me apareceria certamente em sua luz verdadeira, e não como naquela manhã sombria e, mesmo, um tanto chuvosa, capaz de despertar em mim apenas uma explosão de patriotismo ferido. Todavia, não se deve concluir daí que o patriotismo surja unicamente com mau tempo. Pois bem, vocês estão vendo, meus amigos: em dois meses e meio, é impossível examinar tudo com exatidão, e eu não posso fornecer-lhes as informações mais exatas. Forçosamente, devo mentir às vezes, e portanto...

Mas, neste ponto, vocês me interrompem. Dizem-me que, desta vez, nem precisam de informações exatas, pois, em caso de necessidade, podem encontrá-las no guia de Reichardt e que, pelo contrário, não seria nada mau se cada viajante se esforçasse por obter não tanto a absoluta exatidão (que ele quase nunca é capaz de alcançar), mas a sinceridade; se não temesse às vezes expor uma impressão ou aventura pessoal, ainda que ela não lhe desse muita glória, nem se informasse junto a autoridades conhecidas, a fim de verificar as conclusões. Numa palavra, o que vocês querem são apenas as minhas observações pessoais, mas sinceras.

— Ah! — exclamo. — Então, vocês precisam da simples tagarelice, de esboços ligeiros, impressões pessoais, colhidas em pleno voo. Concordo com isso e vou consultar já o meu caderno de notas. Procurarei ser ingênuo na medida do possível. Peço apenas lembrar que, possivelmente, haverá muitos erros no que eu vou escrever agora. Naturalmente, nem tudo estará errado. Não podemos enganar-nos, por exemplo, em fatos tais como a existência em Paris da catedral de Notre--Dame e do Bal Mabille. Este segundo fato, particularmente, foi em tal grau testemunhado por todos os russos que escreveram sobre Paris que não se pode quase duvidar dele. É provável, pois, que também eu não me engane nisto, mas, a rigor, não posso assegurar. Dizem, por exemplo, que é impossível ir a Roma e não ver a catedral de São Pedro. Mas considerem o seguinte: estive em Londres e não vi São Paulo. Realmente, não vi. Não vi a catedral de São Paulo. Está claro que há uma diferença entre São Pedro e São Paulo, mas, assim mesmo, fica mal para um viajante. E aí têm vocês a minha primeira aventura, que não me traz muita glória (ou, melhor, vi a catedral de longe, a uns duzentos *sajens*, mas tinha pressa de chegar a Pentonville e, por isto, dei de ombros e não me detive). Mas, ao assunto, ao assunto! E sabem de uma coisa? Não passei o tempo deslocando-me e vendo tudo a voo de pássaro (a voo de pássaro não quer dizer do alto. É um termo de arquitetura, vocês sabem). Vivi em Paris um mês, menos os oito dias gastos em Londres. Pois bem, vou escrever para vocês um pouco sobre Paris, porquanto, apesar de tudo, eu a examinei melhor que a catedral de São Paulo ou as damas de Dresden. Bem, começo.

Notas de inverno sobre impressões de verão

2.
NO TREM

"O francês não tem juízo e consideraria como a sua maior desgraça o fato de possuí-lo." Esta frase foi escrita ainda no século passado por Fonvízin[14] e, meu Deus, com que alegria deve tê-la escrito! Aposto que, ao compô-la, estava sentindo cócegas de prazer no coração. E — quem sabe? — talvez todos nós, umas três ou quatro gerações depois de Fonvízin, a tenhamos lido com alguma delícia. Mesmo hoje, frases desse teor dirigidas contra estrangeiros encerram para nós outros, russos, algo de incoercivelmente agradável. Só que na intimidade mais secreta, está claro, e às vezes às ocultas de nós mesmos. Ressoa nisso certa vindita por algo passado e ruim. É um mau sentimento, concordo, mas estou certo de que ele existe em quase todos nós. É evidente que nos zangamos se o suspeitam em nós, e, no caso, não fingimos de modo algum; creio que, neste sentido, o próprio Bielínski era eslavófilo em segredo.[15] Lembro-me de como, há uns quinze anos, quando privei com Bielínski, todo aquele grupo se inclinava, e com que veneração, raiando mesmo a esquisitice, perante o Ocidente, isto é, sobretudo perante a França, que estava então na moda: isto foi em 1846. E não é que se adorassem, por

[14] O escritor russo D. I. Fonvízin (1745-1792). Segundo I. Z. Siérman, Dostoiévski citou com inexatidão um trecho da carta de Fonvízin a N. I. Pânin, de 18/9/1778. (N. do T.)

[15] O crítico V. G. Bielínski (1811-1848) foi opositor declarado dos eslavófilos. (N. do T.)

Notas de inverno sobre impressões de verão

exemplo, nomes como George Sand, Proudhon e outros, ou se respeitassem outros como os de Louis Blanc, Ledru-Rollin etc.[16] Não, simplesmente uns fedelhos, os nomezinhos mais desprezíveis, desses que logo desaparecem quando chega o momento de agir, mesmo estes eram tidos em alta consideração. Mesmo deles se esperava algo elevado, no iminente serviço à humanidade. De alguns falava-se com particular murmúrio de veneração... E então? Em toda a minha vida não encontrei um homem mais apaixonadamente russo do que Bielínski, embora, antes dele, talvez apenas Tchaadáiev se indignasse tão ousada, e por vezes cegamente, como ele, com muito do que é nosso, pátrio, e parecesse desprezar tudo o que era russo.[17] Baseando-me em alguns dados, agora lembro e compreendo tudo isto. Pois bem — quem sabe? —, talvez esta frasezinha de Fonvízin em certos momentos não parecesse muito escandalosa ao próprio Bielínski. É que existem momentos em que mesmo a mais venerável e até legítima das tutelas não agrada muito. Oh, pelo amor de Deus, não creiam que amar a pátria signifique insultar os estrangeiros e que seja isto, precisamente, o que eu pense. De nenhum modo penso nem pretendo pensar assim; até pelo contrário... É pena, no entanto, que eu não tenha tempo agora de me explicar mais claramente.

E a propósito: não lhes parece que, em vez de falar de Paris, lancei-me a tratar da literatura russa? Que estou escrevendo um artigo crítico? Não, isto me saiu apenas por desfastio.

[16] George Sand exercera certa influência sobre as obras da mocidade de Dostoiévski. Proudhon era muito popular entre os intelectuais russos. Louis Blanc foi um dirigente socialista da Revolução de 1848 na França. A. Ledru-Rollin dirigiu no mesmo país a oposição republicana, na década de 1840. (N. do T.)

[17] Alusão às *Cartas filosóficas*, de P. I. Tchaadáiev (1794-1856). (N. do T.)

Segundo o meu caderno de notas, estou agora sentado num vagão e preparo-me para chegar amanhã a Eidkunen, isto é, à minha primeira impressão estrangeira, e em certos momentos estremece-me até o coração. Então hei de ver finalmente a Europa, hei de vê-la, eu que passei quase quarenta anos a sonhar com ela em vão, eu que já aos dezesseis, e com toda a seriedade, a exemplo do Bielopiátkin de Niekrassov,

Fugir queria para a Suíça,[18]

mas não fugia; e eis que eu também agora entro finalmente no "país das santas maravilhas", na mansão da minha longa e langorosa espera, das minhas crenças tão persistentes. "Meu Deus, que espécie de russos nós somos?" —, vinha-me por vezes à mente, sempre sentado no vagão. — "Somos realmente russos? Por que a Europa exerce sobre nós, sejamos quem formos, uma impressão tão forte e maravilhosa, e tamanha atração? Isto é, não falo agora dos russos que lá ficaram, daqueles russos de modesta condição, que se chamam cinquenta milhões, e a quem nós, que somos cem mil, até agora consideramos com toda a seriedade como sendo ninguém e de quem as nossas tão profundas revistas satíricas ainda hoje zombam, pelo fato de não rasparem as barbas. Não, falo agora do nosso grupinho privilegiado e patenteado. Porque tudo, decididamente quase tudo o que em nós existe de desenvolvido, ciência, arte, cidadania, humanismo, tudo, tudo vem de lá, daquele país das santas maravilhas! Toda a nossa vida se dispôs em moldes europeus, já desde a primeira infância. Será possível que algum de nós tenha podido resistir a esta influência, a este apelo, a esta pressão? Como foi que ainda não nos transformamos definitivamente em europeus? Creio que todos concordarão em que ainda não nos transformamos — o

---

[18] Verso do poema de N. A. Niekrassov (1821-1877) "O tagarela: memórias de A. F. Bielopiátkin, habitante de Petersburgo". (N. do T.)

Notas de inverno sobre impressões de verão

que, em uns, despertará alegria, e em outros, naturalmente, rancor por não estarmos *suficientemente crescidos* para a transformação. Isto já é um outro caso. Falo apenas do fato de que não nos transformamos, mesmo com uma influência tão invencível, e não consigo compreender isto. Não foram as nossas amas-secas nem as nossas nutrizes que nos defenderam da transformação. É muito triste e ridículo realmente pensar que, se não existisse Arina Rodiônovna, ama de Púchkin, talvez nem tivéssemos um Púchkin.[19] E isto é bem uma tolice, não? Ou talvez não seja? E se realmente não for? Hoje em dia é costume levar muitas crianças russas para serem educadas na França; e se levarem para lá um outro Púchkin e, lá, ele não tiver uma Arina Rodiônovna, nem falas russas desde o berço? E como Púchkin era russo! Ele, um fidalgote, compreendeu Pugatchóv e penetrou-lhe a alma, e isto numa época em que ninguém penetrava em nada.[20] Ele, um aristocrata, tinha em sua alma um Biélkin.[21] Com a sua força de artista, abdicou do seu meio, do qual fez severo julgamento, do ponto de vista do espírito popular, em seu Oniéguin.[22] Foi profeta e precursor. Existirá realmente uma associação química, entre o espírito humano e o solo pátrio, que torne impossível a alguém separar-se definitivamente deste, e de modo tal que, se dele se separa, acaba sempre por voltar? O certo é

[19] A ama de Púchkin exerceu profunda influência sobre o poeta, pondo-o em contato, desde a primeira infância, com as tradições populares russas. Púchkin haveria de lembrá-la depois, com profundo carinho, em diversos escritos. (N. do T.)

[20] Púchkin tratou da grande rebelião comandada, no reinado de Catarina, a Grande, por Pugatchóv, no romance *A filha do capitão* e na *História da revolta de Pugatchóv*. (N. do T.)

[21] Trata-se das *Novelas do falecido Ivan Pietróvitch Biélkin*, de Púchkin, contos diversos que se caracterizam pela atenção comovida dispensada à gente simples. (N. do T.)

[22] Referência ao romance em versos *Ievguêni Oniéguin*, de Púchkin. (N. do T.)

que não nos caiu do céu o eslavofilismo, e, embora ele se tenha transformado depois num divertimento moscovita, o fundamento dessa diversão é mais amplo que a fórmula moscovita e talvez se deposite mais profundamente em alguns corações do que pareça à primeira vista. E é possível que nos próprios moscovitas este processo seja mais amplo que a fórmula. É bem difícil, da primeira vez, expressar-nos claramente, até perante nós mesmos. Às vezes, um pensamento vivo, vigoroso, não se esclarece nem mesmo em três gerações, de sorte que o final aparece de modo bem diverso do início..." Pois bem, todos estes pensamentos ociosos assaltavam-me no vagão, antes de chegarmos à Europa, em parte por enfado e falta de ocupação. É preciso ser franco! Até agora, em nosso meio, somente gente desocupada é que se põe a pensar em tais assuntos. Ah, como é enfadonho ficar sentado ociosamente num vagão de trem, tal como é aborrecido em nossa Rússia viver sem uma ocupação. Embora estejam transportando você, se preocupem com você e de vez em quando até o embalem tanto que, parece, não há mais o que desejar, apesar de tudo uma angústia o invade, e esta angústia procede justamente do fato de que você mesmo não faz nada, porque cuidam demais de você, e você tem que ficar sentado, esperando que o levem ao destino. Palavra, às vezes dá até vontade de saltar para fora e sair correndo, com as próprias pernas, ao lado da máquina. Que seja pior, vá lá que me canse por falta de hábito, me desvie do caminho, e tudo sem necessidade! Em compensação, vou com minhas próprias pernas, encontrei o que fazer e me ocupo pessoalmente da minha tarefa e, se acontecer chocarem-se os vagões e voarem virados para cima, eu não estarei trancado no vagão, não responderei com os meus costados pela culpa alheia...

Sabe Deus o que não se pensa, às vezes, quando não se tem o que fazer!

Entretanto, escurecia. Começaram a acender as luzes nos vagões. Na minha frente estava um casal, já de meia-idade, proprietários rurais e, ao que parece, gente boa. Apressavam-se para ir à exposição de Londres,[23] por alguns dias apenas, deixando a família em casa. À minha direita, encontrava-se um russo que vivera dez anos em Londres, trabalhando num escritório comercial, e que somente agora fora passar duas semanas, a negócios, em Petersburgo; segundo parecia, perdera completamente a noção de saudade da pátria. À esquerda, estava sentado um inglês puro-sangue, limpo, ruivo, de cabelo vincado à inglesa e acentuadamente sério. Em toda a viagem, não trocou com nenhum de nós a menor palavrinha em qualquer língua; de dia lia, sem interrupção, não sei que livro com aqueles minúsculos tipos ingleses que somente os ingleses podem suportar, e até louvar pela comodidade; às dez da noite em ponto, tirava as botas e calçava chinelos. Provavelmente, assim fizera durante toda a vida, e não queria alterar no vagão os seus hábitos. Logo, todos cochilavam; os apitos e o barulho da máquina faziam vir um torpor incoercível. Fiquei sentado, pensando o tempo todo, e não sei como cheguei à conclusão de que "o francês não tem juízo", conclusão com que iniciei este capítulo. Mas, sabem de uma coisa? Algo me impele, enquanto não chegamos a Paris, a comunicar a vocês as minhas reflexões de viagem, à toa, em nome do espírito de humanidade: já que eu me caceteei no vagão, caceteiem-se vocês também. Aliás, é preciso afastar outros leitores, e para isto incluirei todas estas reflexões num capítulo especial, que chamarei de *supérfluo*. Caceteiem-se com ele vocês, e os demais podem excluí-lo como supérfluo. É preciso tratar o leitor cautelosa e conscientemente, mas com os amigos pode-se agir com mais simplicidade. Aí, vai, portanto:

[23] A Exposição Internacional de Londres, que teve lugar entre 10 de maio e 10 de novembro de 1862. (N. do T.)

3.
E INTEIRAMENTE SUPÉRFLUO

Aliás, não eram propriamente reflexões, mas não sei que contemplação, umas imagens arbitrárias, e até devaneios, "sobre isto, aquilo, quase sempre um nada".[24] Em primeiro lugar, transportei-me para os tempos de antanho e refleti sobre o homem que formulou o citado aforismo a respeito do juízo do francês, e fiquei pensativo, sem mais nem menos, justamente a propósito do aforismo. Esse homem era, em relação à época, um grande liberal. Mas, embora usasse a vida inteira, não se sabe para quê, jaqueta francesa, pó de arroz e um espadim para trás, a fim de apregoar a sua origem cavalheiresca (que entre nós não existiu sequer) e para defesa de sua honra pessoal na antessala de Potiômkin,[25] mal pôs o nariz fora das fronteiras russas, começou a renegar Paris com todos os textos bíblicos e decidiu que "o francês não tem juízo", e ainda consideraria o maior dos infortúnios o fato de possuí-lo. E a propósito: pensarão vocês acaso que eu me referi ao espadim e à jaqueta de veludo a fim de censurar Fonvízin? De modo algum! Não lhe cabia vestir o *zipun*,[26] principalmente então, uma vez que, mesmo agora, alguns senhores, para serem russos e fundir-se com o povo, não vestiram o *zipun*, mas inventaram um traje de balé que pouco se diferencia daquele que, nas óperas russas de inspiração popular, é

[24] Verso de Púchkin. (N. do T.)

[25] G. A. Potiômkin (1739-1791), príncipe da Táurida, estadista e diplomata russo, favorito de Catarina, a Grande. (N. do T.)

[26] Camisa de pano ordinário, usada pelos mujiques. (N. do T.)

Notas de inverno sobre impressões de verão

geralmente usado pelos Uslades apaixonados por suas Liudmilas de *kokóchnik*.[27] Não, a jaqueta francesa era então mais compreensível para o povo: "Logo se vê um senhor, não é de *zipun* que um senhor tem que andar". Ouvi dizer recentemente que um proprietário rural dos nossos dias, para se fundir com o povo, também começou a usar traje russo e passou até a frequentar, assim vestido, as assembleias de aldeia; mas os camponeses, ao vê-lo, diziam entre si: "Por que este fantasiado se arrasta atrás de nós?". E o tal proprietário não conseguiu fundir-se com o povo.[28]

— Não, quanto a mim — disse-me um outro cavalheiro —, não, quanto a mim não farei nenhuma concessão. De propósito, vou andar barbeado e, se preciso, usarei fraque. Cumprirei minha tarefa, mas não mostrarei sequer que pretendo unir-me ao povo. Serei patrão, serei avarento e calculista, perseguidor e explorador até, se necessário. Vão respeitar-me mais deste modo. E o mais importante consiste justamente em obter desde o início verdadeiro respeito.

"Que diabo!", pensei, "parece que se preparam para enfrentar estrangeiros. É um verdadeiro conselho de guerra!"

— Sim — disse-me um terceiro, aliás um cavalheiro extremamente encantador. — Suponhamos que eu me inscreva em algum registro rural e, de repente, a assembleia de aldeia mande castigar-me a chicote. O que será então?

"Que importa?", tive vontade de dizer, mas contive-me, por receio. (Por que até hoje tememos expressar alguns dos nossos pensamentos?) "Que importa?", pensei comigo. "Ainda que o espancassem, e daí? Os professores de estética cha-

---

[27] Alusão à ópera *Ruslan e Liudmila*, de Glinka, cujo libreto se baseia num poema de Púchkin. O *kokóchnik* era uma espécie de diadema usado na antiga Rússia. (N. do T.)

[28] Embora Tolstói ainda não tivesse passado por sua grande crise interior, já estava residindo em Iasnáia-Poliana e usando *traje russo*, sendo possível que o trecho se refira a ele. (N. do T.)

mam a tais acontecimentos o trágico na vida, e nada mais. Será preciso, unicamente por causa disto, viver isolado de todos? Não, se se trata de conviver com os demais, que seja com todos, e se é para se isolar, que seja também de modo absoluto. Em outros lugares, até frágeis mulheres e crianças suportaram muito mais."

— Mas, por favor, não se trata de mulheres e crianças! — gritaria o meu opositor. — O *mir* me mandaria espancar sem mais nem menos, talvez por causa de alguma vaca que tivesse entrado numa horta alheia, e o senhor encara isto logo como um caso geral?[29]

— Está claro que é ridículo, e o próprio caso também é ridículo, imundo, não se quer sujar as mãos. É até indecoroso falar nele. Que levem todos a breca: mesmo que sejam todos chicoteados, estarei salvo. De minha parte, estou pronto a responder com o que o que o senhor quiser pela sentença do *mir*: o meu simpaticíssimo oponente não receberia uma vergastada sequer, mesmo que fosse possível submetê-lo ao julgamento do *mir*. Diriam: "Vamos cobrar-lhe multa em dinheiro, irmãos, porque se trata de um caso de nobreza. Não está acostumado. Mas, quanto à nossa gente, se tem traseiro é para ser chicoteado", decidiria o *mir*, com as palavras do prefeito de aldeia, numa das reportagens provinciais de Schedrin...[30]

[29] Neste trecho, Dostoiévski ironiza os que atribuíam importância fundamental, para a organização da sociedade russa moderna, ao *mir*, comunidade rural primitiva, ainda existente na época. Deste modo, o escritor voltava-se contra os precursores do movimento *populista* russo, que teria grande importância nas décadas seguintes. (N. do T.)

[30] Alusão a um escrito de Saltikóv-Schedrin, nos seus *Gubiérnskie Ótcherki*. O *ótcherk* é um gênero tipicamente russo, espécie de reportagem, acrescida frequentemente de considerações filosóficas, sociais, literárias etc. Às vezes confunde-se quase com um ensaio. De modo geral, porém, os russos preferem designar o ensaio de tipo ocidental por um galicismo, deixando o termo *ótcherk* para o gênero literário russo. (N. do T.)

— É retrógrado! — há de gritar alguém, depois de ler isto. — Defender as vergastas! (Por Deus, alguém há de concluir do que escrevi que eu defendo as vergastas.)

— Mas veja do que o senhor está falando — dirá um outro. — O senhor pretendia escrever sobre Paris, e agora trata de vergastas. O que Paris tem a ver com isto?

— Como assim? — acrescentará um terceiro. — O senhor escreve sobre o que ouviu recentemente, e a sua viagem deu-se no verão. Como podia pensar em tudo isto ainda no trem?

— Isso constitui realmente um problema — respondo. — Mas permitam-me observar: trata-se de recordações de inverno sobre impressões de verão. Pois bem, o hibernal ficou mesmo acrescido daquilo que é próprio do inverno. Ademais, estou lembrado que, ao aproximar-me de Eidkunen, pensei com particular insistência em tudo o que é nosso, pátrio, aquilo que eu trocava então pela Europa, e recordo que alguns dos meus devaneios eram deste mesmo teor. E justamente meditava sobre o tema: de que modo a Europa se refletiu em nós em diferentes épocas, e incessantemente nos forçava a porta para visitar-nos com a sua civilização, e até que ponto nos civilizamos, e quantos de nós se civilizaram até hoje. Agora, eu mesmo estou vendo que tudo isto é como que supérfluo aqui. Mas eu bem que os avisei de que todo este capítulo seria supérfluo. E a propósito: onde foi que eu parei? Ah, sim! Estava tratando da jaqueta francesa. Foi aí que tudo começou!

Pois bem, uma dessas jaquetas francesas escreveu então *O brigadeiro*.[31] Segundo os padrões da época, era uma obra surpreendente e causou impressão extraordinária. "Morra, Dienis, pois não vai escrever nada melhor", dizia o próprio Potiômkin. Todos como que se agitaram dormindo. Será en-

---

[31] Comédia que Fonvízin escreveu em 1769, publicando-a em 1786. (N. do T.)

tão — prosseguia eu em minhas reflexões vadias — que as pessoas já se tinham aborrecido de não fazer nada e de andar pelas rédeas alheias? Não falo apenas das rédeas francesas de então, e quero acrescentar, a propósito, que somos uma nação extremamente crédula, e que tudo isto provém de nosso espírito bonachão. Estamos, por exemplo, todos sentados, sem fazer nada, e de repente nos vem a impressão de que uma pessoa disse algo, fez algo, que se espalhou em nosso meio um cheiro autóctone, que surgiu uma tarefa, e imediatamente acorremos todos ao mesmo lugar, certos de que aquilo vai começar imediatamente. Uma mosca passa voando, e nós já pensamos que por ali conduziram um elefante. Inexperiência da juventude, acrescida de fome. Isto começou entre nós um pouco antes de *O brigadeiro*, então, naturalmente, ainda em dimensões microscópicas, e prossegue indefectivelmente até hoje: encontramos o que fazer e gritamos esganiçadamente de entusiasmo. Ganir e inventar histórias, de puro entusiasmo, eis o que, entre nós, vem sempre em primeiro lugar; uns dois anos depois, porém, cada um vai para o seu canto, de nariz para o chão. E não nos cansamos, ainda que o façamos cem vezes mais. E, no que se refere a outras rédeas, no tempo de Fonvízin quase ninguém da massa duvidava de que fossem as mais sacrossantas, as mais europeias das rédeas, e a mais simpática das tutelas. Está claro que, mesmo hoje, pouca gente duvida disso. Todo o nosso partido extremamente progressista defende com ferocidade as rédeas alheias. Mas então, ali, então, era uma época de tamanha fé em toda espécie de rédeas que é surpreendente não termos removido montanhas, e que todas estas nossas alturas planas de Aláun, todos os nossos montes Pargolóv e picos do Valdai[32] ainda estejam nos seus lugares. É verdade que um poeta da época dizia de um herói que

---

[32] Serras russas de modesta elevação. (N. do T.)

Deita-se sobre as montanhas,
e as montanhas se fendem[33]

e que

Com a mão as torres lança além das nuvens.

Mas, ao que parece, tratava-se de metáfora e nada mais. E, a propósito, senhores: falo agora apenas de literatura e, para ser mais preciso, de belas-letras. Quero constatar por meio delas a gradual e benfazeja influência da Europa sobre a nossa pátria. Naquela época (antes d'*O brigadeiro* e em seu tempo) editavam-se e liam-se tais livros que não é sem certa alvoroçada arrogância de nossa parte que podemos conceber o fato! Temos agora um escritor admirável, joia de nosso século, chamado Kozmá Prutkóv.[34] O seu maior defeito consiste numa incompreensível modéstia: até hoje ainda não editou as suas obras completas. Pois bem, há muito tempo, publicou ele em miscelânea, em *O Contemporâneo*,[35] os "Apontamentos de meu avô".[36] Imaginem o que podia anotar então aquele corpulento avô de setenta anos, da época de Catarina, muito vivido, que esteve nos entrincheiramentos e sob os

---

[33] Segundo I. Z. Siérman (nota à edição soviética de 1956-58), citação errada de um poema de G. R. Derjávin, em que se exaltavam assim as vitórias militares de Suvórov: "Pisa a montanha e a montanha se fende/ Deita-se na água, e as águas refervem". (N. do T.)

[34] Pseudônimo coletivo dos escritores A. K. Tolstói e irmãos A. M. e V. M. Jemtchújnikov, que publicaram, nas décadas de 1850 e 1860, versos, fábulas, paródias e outros escritos de cunho satírico. (N. do T.)

[35] O periódico *Sovriemiênik*. (N. do T.)

[36] Os "Excertos dos apontamentos de meu avô" saíram no nº 4 de *O Contemporâneo*, em 1854, e constituíram uma paródia aos materiais históricos publicados na época pela revista *Moskvitiânin* (*O Moscovita*). (N. do T.)

muros de Otchakov[37] e que empreendeu a redação das reminiscências, depois de regressar às terras do seu patrimônio. Quanta coisa interessante não deveria ter para anotar! Quanto não vira aquele homem! Pois bem, tudo o que escreveu consiste em anedotas como a seguinte:

Resposta espirituosa do cavaleiro de Monbazon. De uma feita, uma jovem e assaz bonita donzela perguntou tranquilamente ao cavaleiro de Monbazon, em presença do rei: "Dizei-me, senhor, é a cauda que fica pendurada ao cão, ou o cão à cauda?". Ao que o referido cavaleiro, por sinal muito habilidoso nas respostas, retrucou, sem se perturbar sequer, mas, pelo contrário, com voz firme: "A ninguém, senhorita, é proibido apanhar um cão pela cauda ou pela cabeça". Semelhante resposta deu grande prazer ao referido rei, e o nosso cavaleiro não ficou sem recompensa.

Pensam acaso, talvez, que é um embuste, um absurdo, que nunca existiu sequer no mundo um velho como este. Mas juro que eu mesmo, aos dez anos, li um livro da época de Catarina, em que vinha a seguinte anedota. Decorei-a então, a tal ponto me atraiu, e não a esqueci mais:

Resposta espirituosa do cavaleiro de Rohan. É sabido que o cavaleiro de Rohan tinha assaz mau hálito. De uma feita, estando ele presente ao despertar do Príncipe de Condé, este lhe disse: "Afastai-vos, cavaleiro de Rohan, porque cheirais muito

[37] Lugar de encarniçadas batalhas durante a Guerra Russo-Turca de 1787-1791. (N. do T.)

Notas de inverno sobre impressões de verão

mal". Ao que este cavaleiro incontinenti retrucou: "Não sou eu, sereníssimo príncipe, e sim Vossa Alteza, pois acabais de levantar-vos do leito".

Isto é, imaginem esse proprietário rural, velho guerreiro, talvez até sem um braço, e que vive com a sua velha mulher, cercado de uma centena de criados, sem contar a criançada, que vai aos sábados tomar banhos de vapor até ficar inconsciente; e ei-lo agora, de óculos sobre o nariz, lendo grave e solenemente, soletrando, semelhantes anedotas, tomando-as ainda pela própria essência das coisas, quase que uma obrigação de serviço. E como era ingênua a crença de então na eficácia e necessidade de tais notícias europeias! "É sabido que o cavaleiro de Rohan tinha assaz mau hálito"... Sabido por quem, sabido para quê? Que ursos da província de Tambóv o sabem? E quem mais há de querer sabê-lo? Mas tais questões de livre-pensador não perturbam o avô. Imagina, com a mais infantil das crenças, que esse "florilégio de ditos espirituosos" é conhecido na corte, e isto lhe basta. Sim, naquele tempo a Europa nos era facilmente acessível, do ponto de vista físico, está claro. Quanto ao moral, compreende-se, a coisa não se passava sem uns açoites. Calçavam-se meias de seda, usavam-se perucas, penduravam-se uns espadins na cintura, e eis uns europeus. E tudo isto não só não estorvava, mas era até agradável. De fato, porém, tudo permanecia como antes: deixando de lado o cavaleiro de Rohan (a cujo respeito, aliás, só se sabia que tinha assaz mau hálito) e tirando os óculos, infligiam-se castigos à criadagem, tratava-se a família com as mesmas maneiras patriarcais, espancava-se como antes, na cocheira, o vizinho de poucas terras, a fim de castigar alguma resposta impertinente, e como antes se mostrava uma subserviência ignóbil frente a um dignitário mais elevado. Gente assim era mais compreensível para o próprio mujique: desprezavam-no menos, mostravam por ele menos repugnância, sabiam mais a seu respeito, eram em relação a ele menos estranhos, menos alemães.[38] E, quanto ao fato de se mostrarem importantes para com ele, podia a coisa ser diferente? Para isto é que existiam os patrões. Ainda que às vezes o espancassem até a morte, eram, apesar de tudo, de certo modo mais simpáticos ao povo, porque eram mais próximos. Numa palavra, todos aqueles senhores eram gente simples, da terra; não procuravam ir até as raízes; cobravam, espancavam, roubavam, dobravam a espinha comovidos, e levavam a vida tranquila e nutridamente, numa "conscienciosa devassidão juvenil". Tenho até a impressão de que todos aqueles avós não eram tão ingênuos, mesmo em relação aos de Rohan e aos Monbazon.

É possível que fossem por vezes grandes marotos e tivessem uma ideia oculta em relação a todas aquelas influências europeias vindas de cima. Toda aquela fantasmagoria, toda aquela mascarada, aquelas jaquetas francesas, punhos, cabeleiras, espadins; aquelas pernas gordas, desajeitadas, que se enfiavam em meias de seda; todos aqueles soldadinhos de peruca e botinas alemãs, tudo aquilo, segundo a minha impressão, não passava de terríveis marotices, um servil embuste vindo de baixo, de modo que o próprio povo às vezes o notava e compreendia. Está claro que se pode ser um funcionariozinho, um maroto, um brigadeiro, e ao mesmo tempo estar convicto, do modo mais ingênuo e comovedor, de que o cavaleiro de Rohan seja realmente "o mais refinado *superflu*".[39] Mas isto até que não atrapalhava nada: os nossos Gvozdilov[40] tiranizavam como sempre, os nossos de Rohan eram

[38] Antigamente, na Rússia, designava-se por "alemão" tudo o que provinha do Ocidente. (N. do T.)

[39] Palavras de Nozdrióv em *Almas mortas*, de Gógol, que lhes acrescentou a seguinte explicação: "Expressão que provavelmente significava para ele o cúmulo da perfeição". (N. do T.)

[40] Trocadilho com o nome de Gvozdilov (derivado de *gvozd* — pre-

quase espancados na cocheira pelo nosso Potiômkin e pelos demais personagens desse gênero, os Monbazon extorquiam dinheiro de vivos e mortos, punhos cobertos de rendas e pés calçados em seda aplicavam pescoções e pontapés nas costas, e os marqueses jaziam nos entrincheiramentos,

Sacrificando com valor o seu pescoço.[41]

Em suma, toda esta Europa encomendada e imposta ajeitava-se então em nosso meio de modo surpreendentemente cômodo, a começar por Petersburgo: a cidade mais fantástica, com a mais fantástica história de todas as cidades do globo terrestre.

Mas agora já não acontece o mesmo, e Petersburgo acabou vencendo. Agora, já somos plenamente europeus e já crescemos o suficiente. Agora, o próprio Gvozdilov se apresenta de mão leve quando é preciso tiranizar, guarda as aparências, torna-se burguês de França; mais um pouco e, a exemplo do norte-americano dos Estados do Sul, passará a defender, baseado em textos, a necessidade do tráfico negreiro.[42] Aliás, a defesa por meio dos textos está passando atualmente, numa escala considerável, dos Estados norte-americanos para a Europa. "Ao chegar ali, hei de ver tudo com meus próprios olhos", pensava eu. Nunca se poderá aprender nos livros aquilo que se vê com os próprios olhos. E a propósito de Gvozdilov: por que atribuiu Fonvízin uma das frases mais admiráveis do seu *Brigadeiro* não a Sófia, representante, na

go) e o verbo *gvozdit*, ambos tirados da comédia *O brigadeiro*, de Fonvízin. (N. do T.)

[41] Verso de Griboiédov, de sua comédia *A desgraça de ter espírito*. (N. do T.)

[42] Estava então em curso, nos Estados Unidos, a Guerra da Secessão (1861-65), e os sulistas baseavam-se frequentemente em textos bíblicos para afirmar o seu direito à compra e exploração de escravos. (N. do T.)

comédia, do progresso nobre, humano, europeu, mas à tola mulher do brigadeiro, que ele pintou tão tola, e, ademais, não uma simples tola, mas uma tola retrógrada, que deixa à mostra todos os cordões da personagem, dando esta, ao falar, a impressão de que é alguém escondido nos fundos quem diz as suas tolices? Mas, quando foi preciso dizer a verdade, apesar de tudo quem a disse não foi Sófia, mas a mulher do brigadeiro. Ele a fizera não só uma estúpida completa, mas até uma mulher má; e assim mesmo como que teve medo e considerou até artisticamente impossível que tal frase escapasse dos lábios de Sófia, de esmerada educação de estufa, e considerou mais natural que ela fosse dita por uma mulher simples e tola. Vale a pena recordar essa passagem. É extremamente curiosa, e justamente pelo fato de ter sido escrita sem qualquer intenção, sem uma ideia preconcebida, ingenuamente e talvez até sem querer. A mulher do brigadeiro diz a Sófia:

> [...] Havia em nosso regimento um Capitão Gvozdilov, que comandava a primeira companhia; tinha mulher jovem, muito bem-apessoada. Pois bem, às vezes zangava-se com ela por um motivo qualquer, sobretudo quando tocado; pois acredite que ele a tiranizava, tiranizava o mais que podia, e não havia jeito de se compreender por quê. Quanto a nós, não nos metíamos, naturalmente; mas às vezes até chorávamos, só de vê-la.
>
> Sófia: — Por favor, senhora, deixe de contar aquilo que ofende a humanidade.
>
> A mulher do brigadeiro: — Agora, mãezinha, não queres nem *ouvir falar* a respeito de tal coisa, mas como poderia a mulher do capitão *suportar* aquilo?[43]

[43] O grifo é de Dostoiévski. (N. do T.)

Notas de inverno sobre impressões de verão

Deste modo, fraquejou a educada Sófia com sua sensibilidade de estufa, frente a uma mulher simples. Esta *repartie* (em outras palavras, esta réplica) de Fonvízin é surpreendente, e ele não escreveu nada mais incisivo, humano e... involuntário. E até hoje, em nosso meio, quantos destes progressistas de estufa não existem que formam entre os nossos mais avançados homens de ação, que estão extremamente satisfeitos com a sua condição de criaturas de estufa e nada mais exigem? Mas o mais admirável é que até hoje Gvozdilov tiraniza a mulher, e quase até mais confortavelmente do que outrora. Realmente é assim. Dizem que, antes, isto se fazia com mais alma, mais do coração! Era o mesmo que dizer: bato porque amo. Conta-se que as mulheres até ficavam inquietas se não eram espancadas: não bate, quer dizer que não ama. Mas tudo isto é primitivo, espontâneo, autóctone. Agora, também isto já foi submetido a um desenvolvimento. Gvozdilov já tiraniza quase por princípio, e assim mesmo porque ainda é estúpido, isto é, um homem da velha geração, que não conhece os novos costumes. De acordo com esses novos costumes, pode-se realizar tudo sem socos e com mais êxito ainda. Se eu me estendo agora sobre Gvozdilov, é porque até hoje, em nosso meio, escrevem a seu respeito frases muito profundas e humanas. E escrevem tanto que até aborrecem os leitores. Gvozdilov é tão vivaz em nosso meio, apesar de todos os artigos, que é quase imortal. Sim, ele está vivo e com saúde, saciado e bêbado. Agora está sem perna e sem braço e, a exemplo do Capitão Kopéikin, "derramou o seu sangue, em certo sentido".[44] A sua mulher há muito que não é "jovem e bem-apessoada". Ela envelheceu, tem o semblante encovado e pálido, sulcado pelas rugas, pelos sofri-

---

[44] Citação inexata de uma passagem de *Almas mortas*, de Gógol. Segundo informação de I. Z. Siérman, em apêndice à edição soviética de 1956-58, Dostoiévski se teria baseado num texto alterado pela censura, o único então existente. (N. do T)

mentos. Mas quando o capitão seu marido estava deitado, sofrendo, de braço amputado, ela não se afastava do seu leito, passava noites em branco à sua cabeceira, consolava-o, vertia por ele lágrimas ardentes, chamava-o de seu marido bom e valente, seu falcão, sua corajosa cabecinha de soldado. Que isto por um lado nos revolte o coração, vá lá, vá lá! Mas, por outro lado, viva a mulher russa, pois não existe, em nosso mundo russo, nada superior ao seu amor, que tudo perdoa! Isto mesmo, não é verdade? Tanto mais que atualmente o próprio Gvozdilov, quando não está bêbado, nem bate na mulher, isto é, mais raramente, guarda as aparências, é capaz até de lhe dizer de quando em quando palavra carinhosa. Sentiu na velhice que é incapaz de passar sem ela; é calculista e burguês, e, mesmo agora, se chega a espancá-la, é apenas em momentos de embriaguez e por velho hábito, quando sente muita angústia. Ora, digam o que quiserem, mas isto constitui um progresso e, apesar de tudo, um consolo. Gostamos tanto de nos consolar...

Sim, agora nos consolamos de vez, consolamo-nos com nós mesmos. Vá lá que ao redor de nós, mesmo agora, nem tudo esteja muito bonito; em compensação, nós mesmos somos tão belos, tão civilizados, tão europeus que o povo tem até náuseas de nos olhar. Atualmente, o povo já nos considera de todo estrangeiros e não compreende uma palavra, um livro, um pensamento nosso, e isto, digam o que quiserem, é progresso. Agora, já desprezamos tão profundamente o povo e os princípios populares que até o tratamos com certa repugnância nova e insólita, que não existiu nem mesmo nos tempos dos nossos Monbazon e de Rohan, e isto, digam o que quiserem, é progresso. Em compensação, quão convencidos estamos agora da nossa vocação civilizadora, quão do alto resolvemos os problemas, e que problemas: não há solo, não há povo, a nacionalidade é apenas um determinado sistema de impostos, a alma, uma *tabula rasa*, uma cerinha com a qual se pode imediatamente moldar um homem verdadeiro, um homem geral, universal, um homúnculo:[45] basta para isto aplicar os frutos da civilização europeia e ler dois ou três livros. Em compensação, como estamos tranquilos, grandiosamente tranquilos, porque não duvidamos de nada e tudo resolvemos e assinamos. Com que tranquilo autocontentamento fustigamos, por exemplo, Turguêniev,[46] porque ele ousou não se contentar conosco nem satisfazer-se com as nossas grandiosas personalidades, recusando-se a aceitá-las como seu ideal e procurando algo melhor que nós. Melhor que nós, meu Deus! Mas o que existe de mais belo e infalível sob o sol? E ele apanhou tanto por causa de Bazarov,[47] o irrequieto e angustiado Bazarov (indício de um grande coração), apesar de todo o seu niilismo.[48] Fustigamo-lo até pela Kúkchina,[49] este piolho progressista, que Turguêniev catou na realidade russa para nos mostrar, acrescentando ainda que o referido piolho se opõe à emancipação da mulher. E tudo isto, digam o que quiserem, é progresso! Agora, imbuídos de uma autossuficiência de cabo do exército, estamos parados como sargentos da civilização, acima do povo, de tal modo que até dá gosto olhar: mãos nos quadris em desafio, vamos cuspindo para o lado: "O que temos a aprender com você, mujique ignorante, quando toda a nacionalidade, todo o povo, consiste numa vida retrógrada e numa atribuição de impostos, e nada mais?!". Não se devem perdoar os preconceitos! Ah,

[45] Alusão à crença medieval na possibilidade de criar pequenos homens por um processo químico. (N. do T.)

[46] Segundo nota de I. Z. Siérman à edição soviética de 1956-58, trata-se de uma referência ao artigo "O asmodeu de nossa época" (in *Sovriemiênik — O Contemporâneo*, nº 3 de 1862), em que M. A. Antonóvitch acusou Turguêniev de caluniar a nova geração. (N. do T.)

[47] Personagem do romance *Pais e filhos*, de Turguêniev. (N. do T.)

[48] O próprio termo *niilismo* fora posto em circulação por Turguêniev. (N. do T.)

[49] Personagem do mesmo romance. (N. do T.)

meu Deus! E agora, a propósito... Admitamos por um instante, senhores, que já terminei a minha viagem e voltei para a Rússia. Permitam-me contar uma anedota. De uma feita, este outono, apanhei um dos nossos jornais mais progressistas. Vejo: notícia de Moscou. Rubrica: "Ainda resquícios de barbárie" (ou algo no gênero, porém muito forte. É pena eu não ter agora o jornal à mão).[50] E relata-se a anedota de como, certa vez, neste outono, apareceram em Moscou, de manhã, uns *drójki*;[51] estava sentada no carro uma casamenteira, enfeitada com fitas, e entoava uma canção. O cocheiro usava fitas maiores e, igualmente bêbado, ronronava também uma canção! Até o cavalo usava fitas. Não sei, está claro, se estava igualmente embriagado. É provável que sim. A casamenteira tinha nas mãos um pacotinho, que ela levava para mostrar a alguém, e originário provavelmente de gente recém-casada, que acabava de passar uma noite feliz. Devia tratar-se de certo traje leve, que entre a gente simples se costuma exibir, no dia seguinte, aos pais da noiva. O povo ria, olhando a casamenteira: um assunto engraçado. O jornal escrevia com indignação, num tom de superioridade, como que cuspindo, ao narrar aquele ato bárbaro e inaudito "que se conservou até hoje, apesar de todos os aperfeiçoamentos da civilização!". Confesso, senhores, que soltei uma grande gargalhada. Oh, não pensem, por favor, que eu defenda o canibalismo primitivo, os trajes leves, as cobertas noturnas etc. Isto é ruim, impudico, selvagem, à eslava, sei, estou de acordo, embora tudo isto tenha sido feito, naturalmente, não com

[50] Segundo informação de I. Z. Siérman, trata-se da notícia "Complemento à caracterização do bairro de Zamoskvoriétchie", publicada no jornal *Sovriemiênoie Slovo* (*A Palavra Atual*) de 14 de fevereiro de 1862, em que se falava de um "costume dos comerciantes moscovitas, digno dos tempos da mais profunda barbárie...". (N. do T.)

[51] Tipo de carro aberto, puxado por cavalo (nome usado sempre no plural). (N. do T.)

Notas de inverno sobre impressões de verão

má intenção, mas, ao contrário, visando o triunfo da recém-casada, com simplicidade de alma, por desconhecimento do que é melhor, superior, europeu. Não, eu ri por outro motivo. Ou precisamente: lembrei-me de chofre das nossas damas e das nossas lojas de modas. Está claro que as damas civilizadas não mandam mais aos pais os seus trajes noturnos, mas quando, por exemplo, se encomenda à modista um vestido, com que tato, com que cálculo sutil e conhecimento de causa elas sabem colocar algodão em determinadas partes de sua encantadora roupa europeia! Para que o algodão? Naturalmente, por elegância, para fins estéticos, *pour paraître*...[52] Mais ainda: as suas filhas, estas inocentes criaturas de dezessete anos que mal terminaram a escola feminina, também sabem tudo a tal respeito: para que serve esse algodão, em que partes precisamente se deve aplicá-lo, para quê, isto é, com que finalidade... E então, pensei rindo, estas preocupações *conscientes* com os acréscimos de algodão serão mais puras, morais, virtuosas que a infeliz roupa leve, transportada com singela convicção à casa dos pais — a convicção de que assim se deve fazer, de que assim é moral?!... Pelo amor de Deus, não pensem, meus amigos, que é pretensão minha lançar-me agora, de repente, numa peroração, no sentido do que a civilização não constitui um progresso e que, pelo contrário, nos últimos tempos, na Europa esteve sempre armada de chicote e de prisão, a fim de obstar todo progresso! Não esperem que eu me ponha a demonstrar que, em nosso meio, confunde-se barbaramente a civilização com as leis do desenvolvimento normal autêntico, a demonstrar que a civilização há muito já está condenada no próprio Ocidente e que ali é defendida apenas pelos proprietários (embora ali todos sejam proprietários ou queiram sê-lo), a fim de salvar o seu dinheiro. Não esperem que eu vá agora demonstrar que a alma hu-

[52] "A fim de aparecer". (N. do T.)

mana não é *tabula rasa*, não é uma cerinha com a qual se possa moldar um homenzinho geral; que, em primeiro lugar, se necessita de natureza; depois, ciência; em seguida, de uma vida independente, telúrica, incontida, e de uma crença nas forças próprias, nacionais. Não esperem que eu confesse ignorar que os nossos progressistas (embora bem poucos, na verdade) não defendem, de certo modo, aquele algodão e que o condenam tal como os trajes leves. Não, só quero dizer agora o seguinte: naquele artigo, não se maldizem simplesmente os trajes noturnos, não se dizia simplesmente que era uma barbárie, mas evidentemente acusava-se a barbárie do povo simples, o nacional, o espontâneo, em oposição à civilização europeia da nossa alta e nobre sociedade. O artigo bazofiava, o artigo como que não queria reconhecer que, no meio dos próprios acusadores, talvez tudo fosse mil vezes mais feio e pior e que nós apenas trocamos uns preconceitos e baixezas por outros ainda maiores. O artigo parecia não perceber estas nossas próprias baixezas e preconceitos. Para que, para que, pois, colocar-se de modo tão insolente acima do povo, mãos nos quadris e cuspindo para o lado?!... É bem ridícula, ridiculamente engraçada, esta crença na incorruptibilidade e no direito a semelhante acusação. Crença, simples zombaria contra o povo, ou, finalmente, uma veneração irracional, servil, ante as formas europeias de civilização; mas, neste caso, isto é ainda mais ridículo.

Mas que digo! Diariamente, fatos semelhantes veem-se aos milhares. Desculpem-me, pois, esta anedota.

Aliás, estou cometendo um pecado. É verdade, incorri em pecado! Isto se deu porque eu pulei com demasiada rapidez dos avós para os netos. Houve também passos intermediários. Lembrem-se de Tchátzki.[53] Ele não é um avô entre ingênuo e maroto, não é também um descendente seu, repleto

---

[53] Personagem da comédia *A desgraça de ter espírito*, de Griboiédov. (N. do T.)

de autossatisfação, que tenha parado em atitude insolente, um conhecedor de todos os problemas. Tchátzki é um tipo totalmente peculiar da nossa Europa russa, um tipo simpático, entusiasmado, sofredor, que apela para a Rússia e para o solo, mas que, apesar de tudo, partiu mais uma vez para a Europa, quando se tornou necessário encontrar um lugar que

Tem um cantinho para o sentimento ofendido...

Numa palavra, um tipo absolutamente inútil agora, mas que já foi útil ao extremo. É um fraseador, um tagarela, mas um fraseador sincero, conscienciosamente angustiado com a sua inutilidade. Ele se transfigurou agora na nova geração, e nós acreditamos nas forças juvenis, acreditamos que ele não tardará a aparecer novamente, mas não mais num ataque de histeria, como naquele baile em casa de Fâmussov, e sim vitorioso, altivo, poderoso, suave e amante. Ele compreenderá então que o cantinho para o sentimento ofendido não fica na Europa, mas talvez diante do nariz, há de encontrar o que fazer e vai começar a fazê-lo. E — sabem de uma coisa? — estou certo de que nem mesmo agora, em nosso meio, existam apenas sargentos da civilização e ignorantes déspotas europeus; estou certo, absolutamente convicto de que o homem jovem já surgiu... Mas deixemos isto para depois. Agora quero dizer mais duas palavras sobre Tchátzki. Só não compreendo o seguinte: até que ele era pessoa muito inteligente. Mas como é que esta pessoa inteligente não encontrou o que fazer? E todos eles não acharam o que fazer, durante umas duas ou três gerações seguidas. É um fato; e, contra um fato, aparentemente até não haveria o que dizer, mas pode-se perguntá-lo por curiosidade. Pois bem, eu não compreendo que um homem inteligente, não importa quando, nem quais as circunstâncias, não encontre o que fazer. Dizem que este é um ponto discutível, mas no fundo do meu coração eu não creio nisso. A inteligência existe precisamente para alcançar aquilo que se quer. Não se podendo percorrer uma versta, andem-se apenas cem passos; sempre é melhor, chega-se mais perto do objetivo, se é que se caminha para um objetivo. E, se você quer a todo custo alcançar o objetivo com um só passo, isto, a meu ver, não é de modo algum inteligência. Isto até se chama desamor ao trabalho. Não gostamos do esforço, não estamos acostumados a avançar passo a passo, queremos voar até o objetivo numa passada ou figurar entre os Régulos.[54] Pois bem, isto é que é comportamento de fidalgote. Todavia, Tchátzki fez então muito bem em escapar mais uma vez para o estrangeiro: se se demorasse um pouco, iria para o Oriente e não para o Ocidente.[55] Em nosso meio, ama-se o Ocidente ou, pelo menos, quando se atinge um ponto final, todos para lá viajam. Pois bem, estou-me deslocando também para o Ocidente. "Mais moi c'est autre chose."[56] Lá os vi todos, isto é, muitos, porquanto seria impossível contá-los e todos parecem procurar um cantinho para o sentimento ofendido. Pelo menos, procuram algo. Lá, a geração dos Tchátzki de ambos os sexos multiplicou-se, como a areia do mar, após o baile em casa de Fâmussov; e não se trata apenas dos Tchátzki: todos eles saíram de Moscou e viajaram para o Ocidente. E há por lá tantos Repietilov, tantos Skalozubov, que já acabaram de servir e que foram enviados às águas,[57] como imprestáveis! Natália Dmítrievna e o marido são indefectíveis, lá. Mesmo a Condessa Khliestova é anualmente levada para lá. Todos estes senhores se enfadaram mesmo de Moscou. Somente Moltchálin não está lá: tomou providência diferente e ficou em casa; foi o único a fazê-lo. Ele se devotou, por assim dizer, à

[54] Régulo: herói romano do século III a.C. (N. do T.)

[55] Provavelmente, alusão ao fato de que Tchátzki poderia ir parar na Sibéria. (N. do T.)

[56] "Mas, quanto a mim, é outro caso". (N. do T.)

[57] Trata-se de estações de águas no estrangeiro. (N. do T.)

pátria... Atualmente, não se pode mesmo alcançá-lo com a mão; agora, não deixará Fâmussov sequer entrar na sua antessala: "São vizinhos de aldeia; na cidade, não se cumprimentam". Trata de negócios e achou o que fazer. Vive em Petersburgo e... foi bem-sucedido. "Ele conhece a Rússia, e a Rússia o conhece."[58] Sim, conhece-o bem e por muito tempo não o esquecerá. Nem sequer calado ele fica mais;[59] é, pelo contrário, o único a falar. Até livros lhe vão parar nas mãos... Mas não precisamos falar dele. Pus-me a tratar de toda essa gente que busca na Europa um cantinho aprazível e, realmente, pensei que se sentissem melhor ali. E, no entanto, que angústia em seus rostos... Pobrezinhos! E que intranquilidade permanente há neles, que mobilidade doentia, angustiosa! Todos andam munidos de guias, e em cada cidade correm avidamente a ver as coisas raras e, realmente, fazem isto como que por obrigação, como se continuassem a prestar serviços à pátria: não deixam escapar nenhum palácio de três janelas, desde que figure no guia, nenhuma casa de burgomestre, extraordinariamente parecida com a casa mais vulgar de Moscou ou Petersburgo; espiam as carnes de açougue de Rubens e acreditam que são as Três Graças, porque assim ordena o guia; atiram-se sobre a Madona Sistina e ficam diante dela, numa expectativa embotada: mais um pouco e há de acontecer algo, alguém se arrastará de debaixo do chão e lhes dissipará o cansaço e a angústia sem objeto. E afastam-se surpreendidos porque nada aconteceu. Não é a curiosidade autossuficiente e inteiramente maquinal dos turistas ingleses de ambos os sexos, que olham mais para o seu guia do que para as raridades, que nada esperam de novo nem de surpreendente e apenas verificam se o guia está certo, se o número de pés

---

[58] Segundo informação de I. Z. Siérman, trata-se de uma expressão que Dostoiévski aproveitou de um prefácio de N. A. Polevói ao romance *Juramento ante o sepulcro do Senhor* (1832). (N. do T.)

[59] O nome *Moltchálin* significa: aquele que se cala. (N. do T.)

ou libras é aquele mesmo. Não, a nossa curiosidade é algo selvagem, nervosa, ansiosa ao extremo e, ao mesmo tempo, de antemão convicta, em seu íntimo, de que nunca acontecerá nada, isto é, até a passagem da primeira mosca; mas, se a mosca passa voando, quer dizer que então vai começar tudo... Falo apenas dos homens inteligentes. Quanto aos demais, não temos que nos preocupar com eles: Deus protege-os sempre. Não me refiro também àqueles que passaram a residir lá definitivamente, que esquecem a sua língua e começam a ouvir padres católicos. Aliás, pode-se dizer apenas o seguinte a respeito de toda aquela massa: mal passamos Eidkunen, tornamo-nos surpreendentemente parecidos com os cachorrinhos infelizes que correm à procura do dono. Pensam vocês, no entanto, que eu escrevo com zombaria, que acuso alguém porque "no momento atual, quando etc., e os senhores estão no estrangeiro! Desenvolve-se a questão camponesa, e os senhores continuam no estrangeiro" etc., etc.? Oh, de modo algum! E quem sou eu para acusar? Acusar de quê, e a quem? "Nós até gostaríamos de ter uma tarefa, mas não há o que fazer. Os cargos estão ocupados, não se esperam vagas. E não se tem vontade de meter o nariz onde não se é chamado." Aqui está uma justificativa, e breve, por sinal. Nós a conhecemos de cor. Mas o que é isto? Onde vou parar deste modo? Como foi que já consegui ver russos no estrangeiro? Nós estamos apenas nos aproximando de Eidkunen... ou já passamos por ela? Realmente, já passamos também por Berlim, Dresden e Colônia. É verdade que ainda estou no trem, mas diante de nós não temos Eidkunen e sim Arkelin, e estamos entrando na França. Paris, eu queria falar de Paris e me esqueci! Fiquei demasiado imerso em cismas, pensando em nossa Europa russa; o fato é desculpável, porém, quando se vai de visita à Europa europeia. Aliás, não há motivo para se pedir perdão em demasia. Bem que o meu capítulo é supérfluo.

Notas de inverno sobre impressões de verão

4.
E NÃO SUPÉRFLUO PARA OS VIAJANTES

Solução definitiva de se, realmente,
"o francês não tem juízo".

"Mas não; por que não tem juízo o francês?", perguntava a mim mesmo, examinando quatro novos passageiros, franceses, que acabavam de entrar em nosso vagão. Eram os primeiros franceses que eu encontrava sobre o seu solo natal, sem contar os empregados da alfândega de Arkelin, de onde acabávamos de partir. Aqueles funcionários foram extremamente delicados, executaram a sua tarefa rapidamente, e eu entrei no vagão muito satisfeito com o meu primeiro passo em França. Até Arkelin, éramos apenas dois no compartimento para oito pessoas, eu e um suíço, homem simples e modesto, de meia-idade, interlocutor extremamente agradável, com quem tagarelei umas duas horas sem interrupção. Mas agora já éramos seis, e eu fiquei espantado ao ver que o meu suíço, em presença dos nossos quatro novos companheiros de viagem, tornou-se de súbito extremamente calado. Dirigi-me a ele para continuar a nossa conversa, mas ele evidentemente apressou-se em abafá-la, respondeu-me algo evasiva e secamente, quase com acrimônia, virou-se para a janela, pôs-se a olhar a paisagem, e um instante depois tirou o seu guia alemão e mergulhou nele de todo. Deixei-o imediatamente de lado e pus-me a observar em silêncio os nossos novos companheiros. Era uma gente estranha. Iam à ligeira e de modo nenhum pareciam viajantes. Não tinham um só embrulho, e

Notas de inverno sobre impressões de verão

o próprio traje em nada lembrava a condição de pessoa em trânsito. Todos usavam uns paletozinhos leves, muito puídos, um pouco melhores que os usados em nosso meio pelas ordenanças de oficial ou pela criadagem dos proprietários rurais médios. Todos tinham camisa suja, as gravatas de cores bem vivas e igualmente muito sujas; um deles trazia enrolado um resto de lenço de seda, desses que ficam impregnados de uma libra inteira de gordura, após quinze anos de incessante contato com o pescoço do dono. Este usava ainda umas abotoaduras com brilhantes falsos, do tamanho de uma noz. Aliás, eles tinham uma atitude de elegância, de ostentação até. Os quatro pareciam da mesma idade, uns trinta e cinco anos, e, embora não fossem parecidos de semblante, assemelhavam-se extremamente entre si. Tinham os rostos amassados, com burocráticas barbichas francesas, igualmente muito parecidas entre si. Via-se que aquela gente passara por diferentes peripécias e adquirira para sempre uma expressão de rosto azeda, mas com ar de grande eficiência. Pareceu-me também que se conheciam, mas não me lembro se trocaram entre si uma palavra sequer. Aparentemente, não queriam olhar para nós — isto é, para mim e para o suíço, e, assobiando descuidadamente, espalhados ao acaso, olhavam com indiferença, mas fixamente, pelas vidraças. Acendi um cigarro e, por desfastio, fiquei examinando-os. É verdade que formigava em mim a seguinte pergunta: que gente era aquela? Não pareciam trabalhadores nem burgueses. Seriam militares aposentados, gente *à la demi-solde*[60] ou coisa parecida? Aliás, não me preocupei com eles em demasia. Passados dez minutos, mal chegamos à estação seguinte, os quatro saltaram do vagão, as portas bateram e nós prosseguimos viagem a todo vapor. Naquela estrada quase não há espera nas estações: uns dois minutos, no máximo três, e o trem voa para diante. O transporte é admirável, quer dizer, extraordinariamente rápido.

[60] "A meio soldo". (N. do T.)

Mal ficamos a sós, o suíço fechou rapidamente o guia, pô-lo de lado e olhou-me com ar satisfeito, evidentemente desejoso de prosseguir conversa.

— Aqueles senhores não se demoraram no vagão — comecei, olhando-o com curiosidade.

— É que eles viajam só de uma estação a outra.

— Conhece-os?

— Se os conheço?... Mas são policiais...

— Como? Que policiais? — perguntei surpreendido.

— É isto... Bem que eu notei, então, que o senhor não estava percebendo.

— Mas... realmente, eram espiões? (Eu ainda não queria acreditar.)

— Realmente; e foi por nossa causa que se ajeitaram no vagão.

— Tem certeza?

— Oh, sem dúvida alguma! Já passei por aqui algumas vezes. Fomos indicados a eles ainda na alfândega; ao examinarem os nossos passaportes, comunicaram-lhes os nossos nomes e tudo o mais. Pois bem, eles sentaram-se no vagão para nos acompanhar.

— Mas para que nos acompanhar, se já nos viram? O senhor não disse que fomos indicados a eles ainda na outra estação?

— De fato, e comunicaram-lhes os nossos nomes. Mas isto é pouco. Agora, eles já nos estudaram em detalhes: o rosto, o traje, a bagagem, numa palavra, todo o físico. Notaram as suas abotoaduras. O senhor tirou a cigarreira, e eles notaram-na também, o senhor sabe, todas as miudezas e particularidades, sobretudo estas. O senhor poderia sumir em Paris, mudar de nome (isto é, no caso de ser um suspeito). Então tais pormenores podem ajudar na busca. Todos aqueles dados são telegrafados imediatamente a Paris, da primeira estação. E em Paris se conservam, por via das dúvidas, onde é de direito. Ademais, os administradores de hotel devem comunicar todos os dados sobre os estrangeiros também minuciosamente.

— Mas para que tantos? Eram quatro, ao todo — continuei a interrogá-lo, ainda um tanto perplexo.

— Oh, eles são muito numerosos por aqui. Provavelmente, desta vez, havia poucos estrangeiros, senão eles se distribuiriam pelos vagões.

— Mas, desculpe o reparo, não nos olhavam de modo algum. Estavam olhando pela janela.

— Oh, não se preocupe, examinaram tudo... Foi por nossa causa que se instalaram aqui.

"Ora, ora", pensei, "e ainda dizem que 'o francês não tem juízo'!", e (confesso-o envergonhado) olhei o suíço com certa desconfiança, de viés. "Também você, irmão, não será desses, e não estará apenas fingindo?", passou-me pela mente, mas por um instante apenas, asseguro a vocês. É absurdo, mas que fazer? Vêm-nos involuntariamente umas ideias...

O suíço não me enganara. No hotel em que me hospedei, anotaram imediatamente os menores sinais de identificação e transmitiram-nos a quem de direito. Pela acuidade e minúcia com que examinam você, ao descrever os sinais de identificação, pode-se concluir que também toda a sua vida ulterior no hotel, todos os seus passos, por assim dizer, serão escrupulosamente observados e computados. Aliás, da primeira vez, no hotel, não fui muito incomodado e descreveram-me às escondidas, com exceção das perguntas que são formuladas para anotação no livro de registro, no qual o próprio hóspede escreve as suas declarações: quem é, qual a sua profissão, o lugar de origem, os fins da viagem etc. Mas no segundo hotel em que me hospedei — não tendo encontrado vaga no anterior, o *Hôtel Coquillière*, após um afastamento de oito dias, por motivo de viagem a Londres — trataram-me de modo muito mais franco. Este *Hôtel des Empereurs* tinha de modo geral aspecto mais patriarcal, sob todos os pontos de vista. Os donos, um casal, eram de fato gente muito boa, extremamente delicada, já entrada em anos e admiravelmente atenciosa com os hóspedes. No mesmo dia em que me hospedei ali, a patroa alcançou-me à noitinha no vestíbulo e convidou-me a acompanhá-la ao escritório. Ali estava também o marido, mas a patroa parecia manobrar todos os assuntos domésticos.

— Desculpe — começou ela, muito delicada. — Precisamos dos seus dados de identificação.

— Mas eu já os comuniquei... A senhora está com o meu passaporte.

— Realmente, mas... *votre état?*[61]

Esse *votre état?* constitui assunto extremamente perturbador e sempre me desagradou em toda a parte. O que escrever no caso? "Viajante" é demasiado vago. *Homme de lettres* faz perder toda a consideração.

— Escrevamos antes *propriétaire*, não acha? — perguntou-me a hoteleira. — Será o melhor.

— Oh, sim, será o melhor — concordou o esposo.

— Já escrevemos. Agora: qual o motivo da sua vinda a Paris?

— Como viajante, de passagem.

— Hum... sim, *pour voir Paris*. Perdão, *monsieur*: qual é a sua altura?

— Como assim, a altura?

— Precisamente, que altura tem o senhor?

— A senhora está vendo: altura média.

— De fato, *monsieur*... Mas seria desejável saber mais exatamente... Eu creio, eu creio... — prosseguiu ela com certa dificuldade, consultando o marido com o olhar.

— *Tanto de altura*, creio eu — decidiu este, medindo-me por metros com os olhos.

— Mas para que precisam disso? — perguntei.

---

[61] "Sua ocupação?". (N. do T.)

— Oh, é indispensável — respondeu a patroa, escandindo amavelmente a palavra "indispensável", mas nem por isso deixando de anotar no livro a minha altura. — Agora, *monsieur*, os seus cabelos? Louros, hum!... de matiz bastante claro... lisos...

Anotou também os cabelos.

— Por favor, *monsieur* — prosseguiu, pondo de lado a pena, erguendo-se da cadeira e acercando-se de mim com o ar mais amável. — Venha até aqui, são só dois passos, aproxime-se da janela. É preciso examinar a cor dos seus olhos. Hum... claros...

E de novo consultou o marido com o olhar. Pareciam amar-se ao extremo.

— O matiz parece mais cinzento — observou o marido, com ar particularmente prático, preocupado até. — *Voilá*.[62] — piscou o olho para a mulher, indicando algo sobre o seu próprio sobrolho, mas eu compreendi muito bem o que ele indicava. Tenho uma pequena cicatriz na testa, e ele queria que a mulher notasse também este sinal peculiar.

— Permita-me agora perguntar — disse eu à hoteleira, concluído o exame —, será possível que lhe exijam tais minúcias?

— Oh, *monsieur*, é in-dis-pensável!...

— *Monsieur*! — confirmou o marido, com ar sobremaneira imponente.

— Mas no *Hôtel Coquillière* não me fizeram tais perguntas.

— Não pode ser — replicou vivamente a patroa. — Eles poderiam ter, por causa disso, grandes aborrecimentos. Provavelmente, examinaram o senhor sem dizer nada, mas examinaram-no, com toda a certeza. Quanto a nós, somos mais singelos e francos com os nossos hóspedes, tratamo-los como parentes. O senhor ficará satisfeito conosco. Vai ver...

[62] "Eis aí". (N. do T.)

— Oh, *monsieur*!... — reforçou o marido com solenidade, e apareceu-lhe até no rosto uma expressão comovida.

Formavam um casal muito honesto, muito amável, pelo menos na medida em que pude conhecê-los mais tarde. Mas a palavra "in-dis-pensável" era proferida não em tom de um pedido de desculpa ou de atenuação, mas justamente no sentido da mais absoluta necessidade, quase uma coincidência com as próprias convicções pessoais do casal.

Pois bem, estou em Paris...

5.
BAAL

Pois bem, estou em Paris... Mas não pensem que eu vá contar muito a vocês sobre a cidade propriamente dita. Penso que, em russo, já leram tanto sobre ela que até já estão fartos. Ademais, vocês mesmos estiveram ali, e certamente observaram tudo melhor que eu. Quanto a mim, não suportava, no estrangeiro, examinar uma cidade segundo o guia, por encomenda, por obrigação de viajante; e assim, em alguns lugares, deixei de ver coisas tais que dá vergonha contar. Deixei de vê-las também em Paris. Não direi a você o que foi precisamente que eu deixei de ver, mas em compensação direi o seguinte: formulei uma definição de Paris, escolhi para ela um epíteto e insisto nele. Precisamente: é a mais moral, a mais virtuosa cidade de todo o globo terrestre. Que ordem! Que sensatez, como são definidas e firmemente estabelecidas as relações; como tudo está assegurado, moldado em regras; como todos estão contentes e felizes, a ponto de se terem realmente convencido disto, e... e... detiveram-se aí. Nem há caminho para mais longe. Vocês não acreditarão que pararam aí; vão gritar que exagero, que tudo isto é uma calúnia biliosa e patriótica, que tudo não podia realmente se deter aí! Mas, meus amigos: eu os avisei, ainda no primeiro capítulo destas notas, de que talvez fosse pregar-lhes terríveis mentiras. Não me atrapalhem portanto. Vocês também sabem com certeza que, se eu mentir, terei assim mesmo certeza de não estar mentindo. E, a meu ver, isto é mais que suficiente. E, neste caso, permitam que me expresse livremente.

Notas de inverno sobre impressões de verão 113

Sim, Paris é uma cidade assombrosa. E que conforto, quantas comodidades para aqueles que têm direito às comodidades, e, mais uma vez, que ordem e, por assim dizer, que calmaria de ordem! Volto mais uma vez ao tema da ordem. Realmente, mais um pouco e a Paris de um milhão e meio de habitantes vai transformar-se numa cidadezinha professoral e germânica, petrificada em ordem e calmaria, a exemplo de alguma Heidelberg. Algo arrasta-a para isto. Ou não pode existir uma Heidelberg de proporções colossais? E que regulamentação! Compreendam-me: não é tanto a regulamentação exterior, que é insignificante (de um ponto de vista relativo, é claro), mas uma regulamentação interior, espiritual, nascida da alma. Paris se estreita, como que de bom grado, diminui-se com amor, encolhe-se comovida. Neste sentido, que diferença de Londres, por exemplo! Passei em Londres apenas oito dias e, pelo menos exteriormente, com que amplos panoramas, com que mapas coloridos, peculiares, que não foram medidos por um padrão único, ela se gravou nas minhas recordações. Tudo é tão imenso e nítido em sua peculiaridade. E esta pode induzir-nos em erro. Toda nitidez, toda contradição, se acomoda ao lado da sua antítese e com ela avança teimosa, de braço dado, contradizendo-se mutuamente mas sem se excluir, é claro. Tudo isto, parece, defende-se ferrenhamente e vive a seu modo, e, como se vê, elas não se estorvam uma à outra. E, no entanto, também ali se processa a mesma luta tenaz, surda e já antiga, a luta de morte do princípio pessoal, comum a todo o Ocidente, com a necessidade de acomodar-se de algum modo ao menos, formar de algum modo uma comunidade e instalar-se num formigueiro comum; transformar-se nem que seja num formigueiro, mas organizar-se sem que uns devorem os outros, senão todos se tornarão antropófagos! Neste sentido, por outro lado, observa-se o mesmo que em Paris: a mesma ânsia de se deter, por desespero, num *status quo*, arrancar de si com carne todos os desejos e esperanças, amaldiçoar o futuro, em que talvez os próprios generais do progresso não tenham suficiente fé, e venerar Baal. Mas, por favor, não se deixem levar pelo estilo elevado: tudo isto é notado apenas no íntimo pelas pessoas mais conscientes, de vanguarda, e existe inconsciente e instintivamente na orientação vital de toda a massa. Mas o burguês de Paris, por exemplo, está muito satisfeito, conscientemente quase, e certo de que tudo deve ser assim mesmo, e há de bater em vocês, até, se duvidarem disso; há de bater porque até hoje tem certo medo, apesar de toda a sua autossuficiência. Embora em Londres se dê o mesmo, em compensação que amplos e esmagadores panoramas! Que diferença em relação a Paris, mesmo exteriormente! Esta cidade que se afana dia e noite, imensurável como o mar, com o uivar e ranger de máquinas, estas linhas férreas erguidas por cima das casas (brevemente, serão estendidas também por debaixo delas),[63] esta ousadia de iniciativa, esta aparente desordem, que em essência é a ordem burguesa no mais alto grau, este envenenado Tâmisa, este ar impregnado de carvão de pedra, estas magníficas praças e parques, estes terríveis recantos da cidade como White Chapel, com a sua população seminua, selvagem e faminta. A City, com os seus milhões e o seu comércio mundial, o Palácio de Cristal,[64] a Exposição Internacional...[65] Sim, a exposição é impressionante. Sente-se uma força terrível, que uniu num só rebanho todos estes homens inumeráveis, vindos do mundo inteiro; tem-se consciência de um pensamento titânico; sente-se que algo já foi alcançado aí,

[63] As primeiras vias subterrâneas de Londres foram construídas em 1860-1863. (N. do T.)

[64] Edifício de vidro, com armação de ferro, construído em Londres em 1851, para a Exposição Internacional de Indústrias e adaptado depois para museu de arte. Foi destruído na Segunda Guerra Mundial por um bombardeio alemão. (N. do T.)

[65] A Exposição Internacional de 1862 evidenciou um grande progresso industrial, sobretudo por parte da Inglaterra. (N. do T.)

Notas de inverno sobre impressões de verão

que há nisso uma vitória, triunfo. Até se começa como que a temer algo. Por mais que se seja independente, isto por alguma razão nos assusta. "Não será este realmente o ideal atingido?", pensa-se. "Não será o fim? Não será este, de fato, o 'rebanho único'?" Não será preciso considerá-lo como a verdade absoluta, e calar para sempre? Tudo isto é tão solene, triunfante, altivo, que nos oprime o espírito. Olham-se estas centenas de milhares, estes milhões de pessoas que acorrem docilmente para cá de todo o globo terrestre, pessoas que vieram com um pensamento único, que se aglomeram plácida, obstinada e silenciosamente neste palácio colossal, e sente-se que aqui se realizou algo definitivo, que assim chegou ao término. Isto constitui não sei que cena bíblica, algo sobre a Babilônia, uma profecia do Apocalipse que se realiza aos nossos olhos. Sente-se a necessidade de muita resistência espiritual e muita negação para não ceder, não se submeter à impressão, não se inclinar ante o fato e não deificar Baal, isto é, não aceitar o existente como sendo o ideal...

Ora, dirão vocês, é tolice, uma tolice doentia, nervosa, um exagero. Ninguém se deterá nisto nem há de tomá-lo pelo seu ideal. Além disso, a fome e a condição de escravo não nos são irmãs e hão de sugerir melhor que tudo a negação, fazendo nascer o ceticismo. E os diletantes bem nutridos, que passeiam para se divertir, podem naturalmente criar cenas do Apocalipse e afagar os seus nervos, exagerando tudo e extraindo de cada fenômeno sensações fortes, para sua própria excitação...

— Está bem — respondo eu —, admitamos que me deixei entusiasmar pela decoração, está tudo certo. Mas se vocês vissem como é altivo o espírito poderoso que criou essa decoração colossal, e como esse espírito se convenceu orgulhosamente do seu triunfo, haveriam de estremecer com a sua sobranceria, obstinação e cegueira, e estremeceriam também por aqueles sobre quem paira e reina esse espírito altivo. Com semelhante dimensão colossal, com o orgulho titânico do espírito reinante, com o caráter acabado e triunfal das suas criações, imobiliza-se não raro a própria alma faminta, conforma-se, submete-se, procura salvação no gim e na devassidão e passa a acreditar que tudo deve ser assim mesmo. O fato esmaga, a massa lenhifica-se, adquire um comportamento de chinês, ou, se nasce mesmo o ceticismo, tem um caráter sombrio e procura com maldição salvar-se em algo semelhante às mormonadas.[66] Mas em Londres pode-se ver a massa humana em tal dimensão e ambiente como não se encontra em parte alguma do mundo, a não ser em sonho. Contaram-me, por exemplo, que nas noites de sábado meio milhão de operários de ambos os sexos, acompanhados de suas crianças, espalham-se como um mar por toda a cidade, agrupando-se mais densamente em determinados bairros, e durante a noite inteira, até as cinco da manhã, festejam o sabá, isto é, empanturram-se de comidas e bebidas como uns animais, por toda a semana. Todos eles sacrificam para tal fim as economias semanais, fruto de um trabalho estafante e acompanhado de maldição. Nos açougues e mercearias arde o gás em larguíssimos feixes, iluminando fortemente as ruas. Arma-se uma espécie de baile para esses escravos brancos. O povo acotovela-se nas tavernas abertas e nas ruas. Come-se e bebe-se ali mesmo. As cervejarias estão enfeitadas como palácios. Tudo parece ébrio, mas sem alegria, sombrio, pesado, estranhamente silencioso. Apenas de quando em quando, impropérios e brigas sangrentas rompem este silêncio suspeito, que provoca uma sensação de tristeza. Tudo isto se apressa em se embriagar o quanto antes, até a perda da consciência... As mulheres não se desprendem dos maridos e embebedam-se em sua companhia; as crianças correm e se arrastam entre eles. Certa feita, em uma noite semelhante, depois da uma, eu me perdi e passei muito tempo circulando pelas ruas, em meio a uma incontável multidão desse povo sombrio, interrogan-

[66] Alusão aos mórmons, seita religiosa norte-americana. (N. do T.)

do quase que por sinais sobre o caminho a seguir, pois não sei uma palavra de inglês. Acabei encontrando o caminho, mas as impressões que tive então me torturaram depois durante uns três dias. Povo é sempre povo, mas ali tudo era colossal, tinha uma coloração tão viva que era como apalpar o que até então apenas se imaginara. Aquilo que ali se vê nem é mais povo, mas uma perda de consciência, sistemática, dócil, estimulada. E, vendo todos estes párias da sociedade, você sente que, para eles, por muito tempo ainda não há de se realizar a profecia, que ainda tardará muito até que lhes sejam dados ramos de palmeira e vestes brancas, e que por muito tempo ainda eles hão de clamar ante o trono de Deus: "Até quando, Senhor?".[67] E eles próprios sabem disto e, por enquanto, vingam-se da sociedade com não sei que espécie de mórmons subterrâneos, tremedores, peregrinos... Surpreendemo-nos com a tolice que representa ir ver não sei o quê e não adivinhamos que se trata de um afastamento da nossa fórmula social, um afastamento obstinado, inconsciente; um afastamento instintivo, acompanhado da transformação em seja lá o que for, em prol da salvação, um afastamento com repugnância por nós, aliado a um sentimento de horror. Esses milhões de pessoas, abandonadas e expulsas do festim dos homens, acotovelando-se e apertando-se na treva subterrânea aonde foram lançados pelos seus irmãos mais velhos, batem às apalpadelas em quaisquer portões, procurando uma saída, a fim de não sufocar no porão escuro. Há nisso uma derradeira e desesperada tentativa de comprimir-se no seu próprio magote, na sua própria massa, e separar-se de tudo, ainda que seja da aparência humana, contanto que vivam a seu modo, contanto que não estejam conosco...

[67] Alusão às palavras do Apocalipse de São João (VI, 10): "E clamavam em voz alta, dizendo: 'Até quando, Senhor, santo e verdadeiro, dilatas Tu o fazer justiça, e vingar o nosso sangue dos que habitam sobre a terra?'". (N. do T.)

Vi em Londres ainda outra massa, semelhante a esta, e que também não se pode ver em outra parte, em tamanhas dimensões como ali. Também é, a seu modo, uma decoração. Quem já esteve em Londres certamente foi, pelo menos uma vez, à noite, ao High Market. É o bairro no qual, em algumas ruas, se acotovelam de noite milhares de mulheres da vida. As ruas estão iluminadas por focos de gás de que, entre nós, não se tem sequer noção. A cada passo, há magníficos cafés, com dourados e espelhos. Ali são os pontos de reunião e também de refúgio. Dá até medo penetrar nessa multidão. Ela é tão estranhamente constituída. Ali há velhas, e há beldades diante das quais você se detém perplexo. Não existe no mundo um tipo de mulher tão bela como a inglesa. Tudo isto se apinha a custo nas ruas. A multidão não cabe sobre as calçadas e inunda a rua inteira. Tudo isto, ávido de uma presa, se lança com desavergonhado cinismo sobre o primeiro transeunte. Ali se veem roupas caras, luzidias, e quase trapos a par de uma grande diferença de idades. Nessa horrível multidão acotovela-se o bêbado vagabundo, e para ali vai também o ricaço coberto de títulos. Ressoam insultos, brigas, chamados e o murmúrio quieto, convidativo, da ainda tímida beldade. E, por vezes, quanta formosura! Os rostos parecem extraídos de *keepsakes*.[68] De uma feita, lembro-me, entrei num dos cassinos. Ali estrugia música, havia danças e aglomerava-se verdadeira multidão. A decoração era magnífica. Mas o gênio taciturno não abandona o inglês nem mesmo em meio à alegria: eles dançam sérios, com ar sombrio até, quase elaborando os passos e como que por obrigação. Numa galeria superior, vi uma moça e detive-me, simplesmente perplexo: nunca encontrara até então nada semelhante àquela beleza ideal. Estava sentada a uma mesinha, em companhia de um jovem, provavelmente um rico *gentleman*, e, segundo todos os indí-

[68] Álbuns de desenhos, em que apareciam frequentemente rostos femininos idealizados. (N. do T.)

Notas de inverno sobre impressões de verão

cios, pouco habituado a frequentar cassinos. É possível que ele a tivesse procurado e, finalmente, se tenham encontrado ou combinado um encontro naquele local. Ele falava pouco e como que aos arrancos, dava a impressão de não abordar os assuntos que ambos gostariam de tratar. A conversa era frequentemente interrompida por um prolongado silêncio. Também ela estava muito triste. Os traços de seu semblante eram finos, delicados, e havia algo oculto e dolente em seu olhar belo e um tanto altivo, algo pensativo e angustioso. Creio que estava tísica. Ela era, e não podia deixar de ser, superior, pela educação, a toda aquela multidão de mulheres infelizes: de outro modo, que significação pode ter um semblante humano? E, no entanto, ela bebia ali gim, pago pelo jovem. Finalmente, ele se ergueu, apertou-lhe a mão, e separaram-se. Ele saiu do cassino, e ela, faces pálidas, com manchas densas e rubras provenientes da aguardente, foi perder-se na multidão de mulheres ocupadas com seu trabalho. Notei em High Market mulheres que levam para ali, para aquela ocupação, as filhas de menor idade. Meninas de uns doze anos agarram você pela mão e pedem que as acompanhe. Lembro-me de que, uma vez, vi na rua, em meio à multidão, uma menina de seis anos, não mais, coberta de andrajos, suja, descalça, macilenta e espancada: aparecia-lhe entre os farrapos o corpo coberto de equimoses. Caminhava como que inconsciente, não se apressando para nenhuma parte, vagando — sabe Deus por quê — entre a multidão; talvez estivesse faminta. Ninguém lhe prestava atenção. Mas eis o que mais me impressionou: ela caminhava com um ar de tamanha aflição, havia tamanho desespero sem solução em seu rosto, que era até antinatural e terrivelmente doloroso ver aquela pequena criatura, que já levava sobre si tanta maldição e desespero. Não cessava de balançar de um lado para outro, a cabeça desgrenhada, como se argumentasse sobre algo, separando as mãos pequenas, gesticulando; depois, de repente, juntava-as e apertava-as contra o peito desnudo. Voltei-me e dei-lhe meio xelim. Apanhou a moedinha de prata e fitou-me nos olhos com expressão estranha, com uma perplexidade assustada, e de repente se pôs a correr com toda a força na direção de onde viera, como que temendo que eu lhe tirasse o dinheiro. De modo geral, assuntos divertidos...

E eis que uma noite, em meio à multidão de mulheres perdidas e homens devassos, fui detido por uma mulher que se esgueirava apressada por entre os demais. Estava toda de preto, com um chapeuzinho que lhe tapava quase o rosto; mal tive tempo de examiná-lo; lembro-me apenas do seu olhar fixo. Disse-me algo que não pude compreender, num francês arrevesado, enfiou-me na mão um papelzinho e afastou-se rapidamente. Examinei-o junto à janela iluminada de um café: era uma pequena folha quadrada; de um lado, estava impresso: *Crois-tu cela?*[69] E do outro lado, igualmente em francês: "Eu sou a ressurreição e a vida", algumas linhas conhecidas. Convenham comigo que também isto é bastante original. Explicaram-me depois que era propaganda católica, que circulava por toda a parte, obstinada e incessantemente. Ora se distribuem nas ruas tais impressos, ora livros com excertos dos Evangelhos e da Bíblia. Distribuem-nos de graça, enfiam-nos com insistência nas mãos dos transeuntes. Há uma infinidade de propagandistas de ambos os sexos. É uma propaganda sutil e calculada. Um padre católico observa, por exemplo, a família de algum operário pobre e nela penetra. Entrando naquela casa, encontra um doente deitado sobre o chão úmido, envolvido em trapos, rodeado de crianças — que se tornaram selvagens à força de fome e frio — e da mulher faminta, frequentemente bêbada. Ele passa a alimentar, vestir, agasalhar a todos e começa a tratar o doente, compra-lhe remédios, torna-se amigo da casa e, por fim, converte todos ao catolicismo. Às vezes, após a cura, ele é expulso com impro-

[69] "Acreditas nisto?". (N. do T.)

Notas de inverno sobre impressões de verão

périos e pancadas. Não se cansa, porém, e procura outra gente nas mesmas condições. Expulsam-no também dali; ele suporta tudo, e acaba fisgando alguém. Mas um pastor anglicano nunca irá à casa do pobre. Os pobres não são nem mesmo admitidos na igreja, pois não têm com que pagar o lugar no banco. Os casamentos de operários e de gente pobre em geral são quase sempre ilegais, porque custa caro casar-se. Aliás, muitos desses maridos batem terrivelmente nas mulheres, deformam-nas até a morte, o mais das vezes com tenazes, dessas que se usam para revolver carvão na lareira. Elas constituem já um instrumento particularmente destinado à sevícia. Pelo menos, ao tratar de brigas de família, ferimentos e mortes, os jornais sempre se referem a essas tenazes. Mal as crianças crescem, vão frequentemente para a rua, misturam-se à multidão e acabam não voltando à casa dos pais. Os pastores e bispos anglicanos são altivos e ricos, têm luxuosas residências e se cevam com absoluta tranquilidade de consciência. São muito pedantes, muito instruídos, e eles próprios acreditam, com imponência, seriamente, na sua dignidade imbuída de moral embotada, em seu direito de pregar uma doutrina sossegada e autossuficiente, de cevar-se e dedicar a existência aos ricos. É a religião dos ricos e já completamente sem máscara. Pelo menos é racional e sem embuste. Estes professores de religião, convictos até o embotamento, têm uma espécie de divertimento: as missões. Percorrem todo o globo terrestre, penetram nas profundezas da África, a fim de converter um selvagem, e esquecem milhões de selvagens em Londres, porque estes não têm com que lhes pagar. Mas os ingleses ricos e, de modo geral, todos os bezerros de ouro desse país são religiosos ao extremo, de maneira sombria, taciturna, peculiar. Desde há séculos, os poetas ingleses gostam de cantar a beleza das moradas dos pastores de província, ensombradas de olmos e de carvalhos seculares, as suas virtuosas mulheres e as filhas muito louras, de olhos azuis-celestes, idealmente belas.

Mas apenas termina a noite e começa o dia, o mesmo espírito altivo e sombrio perpassa de novo, soberano, sobre a cidade satânica. Ele não se alarma com o que aconteceu de noite nem com o que vê em volta durante o dia. Baal reina e nem exige docilidade, porque dela está certo. É ilimitada a sua confiança em si; desdenhosa e tranquilamente, apenas para se livrar, distribui esmolas organizadas, tornando-se depois impossível abalar-lhe a autoconfiança. Baal não esconde de si, como se faz por exemplo em Paris, certos aspectos selvagens, suspeitos e alarmantes da vida. Não o perturbam sequer a miséria, o sofrimento, os murmúrios e o embotamento da massa. Desdenhoso, permite a todos esses aspectos suspeitos e lúgubres viver a seu lado, à luz do dia. Ao contrário do parisiense, ele não se esforça, assustado, em se convencer, animar, em comunicar a si mesmo que tudo está tranquilo e bem-sucedido. Ele não esconde, como em Paris, os pobres em alguma parte, para que não lhe perturbem o sono e não o assustem inutilmente. A exemplo do avestruz, o parisiense gosta de esconder a cabeça na areia, a fim de não ver os caçadores que o estão alcançando. Em Paris... Mas, que é isto? Mais uma vez, não estou em Paris... Quando será, meu Deus, que me acostumarei à ordem?...

Notas de inverno sobre impressões de verão

6.
ENSAIO SOBRE O BURGUÊS

Mas por que aqui isto se encolhe, por que quer trocar--se em dinheiro miúdo, apertar-se, apagar-se? "Não existo, não existo de modo algum; eu me escondi, passem por favor sem se deter e não me notem, finjam que não me veem, vão passando, vão passando!"

— Mas de quem é que você fala? Quem é que está se encolhendo?

— O burguês.

— Permita observar: ele é o rei, ele é tudo, *le Tiers État c'est tout*,[70] e você diz que ele se encolhe!

— Sim, mas, neste caso, por que ele se escondeu assim sob o Imperador Napoleão?[71] Por que esqueceu o estilo elevado na Câmara dos Deputados, que ele tanto amava outrora? Por que não quer lembrar nada e dá de ombros quando alguém lhe recorda o que sucedeu em outros tempos? Por que o alarma lhe aparece de imediato no cérebro, nos olhos e sobre a língua, quando os demais ousam expressar em sua presença algum desejo? E por que, se ele mesmo, por inadvertência e tolice, entra a fazer extravagâncias e de repente expressa também um desejo, no mesmo instante estremece e põe-se a fazer o sinal da cruz: "Meu Deus! Como foi isto?!" — e por muito tempo ainda, depois daquilo, procura conscienciosamente fazer esquecer o seu comportamento, empenhando-se

---

[70] "O Terceiro Estado é tudo". (N. do T.)

[71] Napoleão III, que reinava na época. (N. do T.)

nisso com esforço e obediência? Por que ele fica olhando e parece dizer: "Aí está, vou comerciar hoje um pouco na lojinha, se Deus quiser vou comerciar amanhã também, e talvez ainda depois de amanhã, com a graça especial do Senhor... Ora, depois, depois, o mais importante é juntar o quanto antes um pouco que seja, e... *après moi le déluge!*".[72] Por que ele escondeu não sei onde todos os pobres e procura convencer-nos de que eles absolutamente não existem? Por que se satisfaz com uma literatura burocrática? Por que tem uma vontade tremenda de se convencer de que as suas revistas são incorruptíveis? Por que concorda em dar tanto dinheiro para sustentar espiões? Por que não se atreve a uma palavra sequer sobre a expedição mexicana.[73] Por que, no teatro, os maridos são apresentados com aspecto tão nobre e endinheirado, e os amantes são todos indivíduos esfarrapados, sem emprego e sem proteção, uns caixeiros de loja ou pintores, enfim, autênticos pés-rapados? Por que ele tem a impressão de que as *épouses*[74] são todas fiéis até o extremo, que o *foyer*[75] nada em prosperidade, que o *pot-au-feu*[76] está sendo preparado no mais benfazejo dos fogos, e que o cabelo está penteado da melhor maneira imaginável? Quanto ao penteado, isto já está assim resolvido inapelavelmente, sem quaisquer comentários, decidiu-se por si; e, embora a todo momento passem pelo bulevar fiacres de estores baixados, embora por toda parte existam abrigos para todas as necessidades interessantes, embora as *toilettes* das *épouses* sejam até com bastante

[72] "Depois de mim, o dilúvio" (frase atribuída a Luís XIV). (N. do T.)

[73] Estavam então em curso as operações do corpo expedicionário francês no México. (N. do T.)

[74] "Esposas". (N. do T.)

[75] "Lar", "lareira", "braseiro". (N. do T.)

[76] Prato preparado com carne e legumes. (N. do T.)

frequência mais caras do que se poderia supor, a julgar pelos recursos dos maridos, assim se decidiu, assim foi firmado, e o que mais querem vocês? Mas por que foi assim decidido e firmado? Pois bem: se não for assim, talvez se pense que o ideal não foi alcançado, que em Paris ainda não se instaurou plenamente o paraíso terrestre, que se pode talvez desejar ainda algo mais, que, por conseguinte, o próprio burguês não está de todo satisfeito com a ordem que ele defende e que procura impor aos demais; que a sociedade tem fendas, devendo-se consertá-las. Eis por que o burguês cobre os buraquinhos das botas com tinta de escrever, contanto que, pelo amor de Deus, não se note alguma coisa! E as *épouses* comem bombonzinhos, calçam os seus *gants*[77] — e de modo tal que as patroas russas, na distante Petersburgo, as invejam até a histeria —, exibem os pezinhos e erguem com extrema graça os vestidos nos bulevares. O que mais se precisa para uma felicidade completa? Eis por que são impossíveis já títulos de romance como, por exemplo, *A mulher, o marido e o amante*,[78] pois os amantes não existem nem podem existir. E mesmo que existam em Paris na mesma quantidade que as areias do mar (é possível que, ali, sejam até mais numerosos), apesar de tudo não existem e não podem existir, porque assim foi decidido e firmado, porque tudo reluz de virtude. É preciso, realmente, que tudo reluza de virtude. Olhando-se para o grande pátio do Palais Royal à noite, até as onze, torna-se forçoso derramar uma lágrima enternecida. Maridos sem conta passeiam de braço dado com as suas incontáveis *épouses*, em volta pulam os seus simpáticos e bem comportados filhinhos, o repuxozinho ressoa e, com o murmurejar monótono da água, lembra algo suave, tranquilo, contínuo, heidelberguiano. E não é só um repuxozinho que soa em Paris deste

[77] "Luvas". (N. do T.)

[78] Romance de Paul de Kock, traduzido para o russo em 1833. (N. do T.)

Notas de inverno sobre impressões de verão

modo: eles são numerosos, e por toda parte ocorre o mesmo, de modo que o coração se alegra.

É inextinguível em Paris a necessidade de virtude. Agora, o francês é sério, imponente, e muitas vezes seu coração se comove, de modo que eu não entendo por que, até hoje, ele tem tanto medo de algo, e tem medo apesar mesmo de toda a *gloire militaire*[79] que floresce em França, e pela qual Jacques Bonhomme[80] paga tão caro. O parisiense gosta tremendamente de comerciar, mas, segundo parece, mesmo comerciando e escorchando alguém em sua loja, fá-lo não simplesmente por amor ao lucro, como acontecia outrora, mas por virtude, por não sei que necessidade sacrossanta. Acumular fortuna e ter o maior número possível de objetos transformou-se no principal código de moralidade no catecismo do parisiense. Isto já existia antes também, mas agora, agora isso tem certo ar por assim dizer sagrado. Outrora, sempre se admitia algo, além do dinheiro, de modo que uma pessoa desprovida de pecúnia, mas com outras qualidades, podia pelo menos contar com alguma consideração; mas agora, nada disso. Atualmente, é preciso juntar o dinheirinho e adquirir o maior número possível de objetos, e então pode-se esperar por algum apreço. De outro modo, é impossível contar não só com a consideração alheia, mas até com a autoconsideração. O parisiense não dá um vintém furado por si mesmo se sente que está de bolsos vazios, e isto consciente, conscienciosamente, com profunda convicção. Permitem a uma pessoa coisas surpreendentes, desde que tenha dinheiro. Sócrates, pobre, é apenas um fazedor de frases, estúpido e pernicioso, sendo tolerado unicamente no teatro, porque apraz ainda ao burguês ver a virtude em cena. Este burguês é uma pessoa estranha: proclama francamente que o dinheiro constitui a su-

---

[79] "Glória militar". (N. do T.)

[80] Personificação do camponês francês. (N. do T.)

prema virtude e a obrigação humana, e, ao mesmo tempo, gosta terrivelmente de aparentar também a mais elevada nobreza de caráter. Todos os franceses têm aspecto surpreendentemente nobre. O mais ignóbil francesinho, capaz de vender o próprio pai por uma moeda de cobre, e ainda pagar espontaneamente um troco, ao mesmo tempo, no próprio instante em que vende a você o pai, tem uma postura tão imponente que provoca perplexidade. Entre numa loja para fazer uma compra e o último dos caixeiros há de esmagá-lo, esmagar literalmente, com a sua indescritível nobreza. São aqueles mesmos caixeiros que servem de modelo do mais sutil *superflu* ao nosso Teatro Mikháilovski.[81] Você fica esmagado, você se sente simplesmente culpado diante daquele caixeiro. Você foi ali para gastar, por exemplo, dez francos, mas é recebido como o próprio Lorde Devonshire. No mesmo instante, você se sente muito envergonhado e quer asseverar o quanto antes que não é de modo algum Lorde Devonshire, mas uma pessoa mais ou menos, um modesto viajante que entrou ali para gastar apenas dez francos. Mas aquele jovem de felicíssima apresentação e indescritível nobreza de alma, frente ao qual você está pronto até a se confessar um canalha (a tal ponto ele é nobre!), começa a desembrulhar diante de você mercadorias no valor de dezenas de milhares de francos. Num instante, cobre todo o balcão, e então começa-se a imaginar como ele, coitado, terá que embrulhar tudo de novo, ele, Grandison, Alcibíades, Montmorency[82] e isto por culpa de quem? De você?, que teve o atrevimento com a sua nada invejável apresentação, com os seus vícios e defeitos, com os

[81] Teatro de Petersburgo. (N. do T.)

[82] Grandison é o herói do romance *Sir Charles Grandison*, do escritor inglês Samuel Richardson (1753); os outros dois nomes constituem, respectivamente, alusão ao político e guerreiro ateniense Alcibíades (451--404 a.C.) e ao cabo-de-guerra francês, duque Anne de Montmorency (1492-1567). (N. do T.)

seus abjetos dez francos, de vir incomodar semelhante marquês; é só pensar nisso e você começa *incontinenti*, sem querer, a desprezar a si mesmo, com toda a intensidade, junto àquele balcão. Você se arrepende e amaldiçoa o destino por ter no bolso apenas cem francos; você os atira sobre o balcão, pedindo perdão com os olhos. Mas, com generosidade, embrulham, para você, a mercadoria correspondente aos seus míseros cem francos, perdoam-lhe todo o incômodo, todo o transtorno que provocou na loja, e você, depois disso, apressa-se a sumir dali. Chegando em casa, você fica assombrado ao extremo porque pretendia gastar apenas dez francos e gastou cem. Quantas vezes, passando pelos bulevares ou pela *rue Vivienne*, em que há tantas lojas imensas de armarinho, eu devaneava: soltar aqui umas senhoras russas e... Mas, quanto ao que se seguiria, sabem-no, melhor que todos, os caixeiros de loja e os prefeitos de aldeia nas províncias de Orlóv, de Tambóv e outros. Os russos em geral têm uma vontade terrível de mostrar nas lojas que eles possuem dinheiro sem conta. Em compensação, acontece existir no mundo tamanha falta de vergonha como, por exemplo, a das inglesas, que não só não se perturbam com o fato de que algum Adônis ou Guilherme Tell cobriu por causa delas todo o balcão de mercadorias e revirou toda a loja, mas começam até — que horror! — a regatear por causa de uns dez francos. Mas Guilherme Tell também não é nenhum pamonha: há de se vingar e arrancar da *milady*, por algum xale de mil e quinhentos francos, doze mil, e de tal modo que ela ainda ficará plenamente satisfeita. E, apesar disso, o burguês ama até a paixão uma indescritível nobreza de caráter. No teatro, é indispensável apresentar-lhe pessoas indiferentes ao dinheiro. Gustave deve brilhar unicamente de nobreza, e o burguês chora enternecido. Não pode sequer dormir tranquilo sem a indescritível nobreza. E quanto ao fato de ter cobrado doze mil francos em lugar de mil e quinhentos, isso constitui até sua obrigação: cobrou-os por virtude. Roubar é feio, ignóbil, e leva às galés;

o burguês está disposto a perdoar muita coisa, mas não perdoará o roubo, ainda que você ou os seus filhos estejam morrendo de fome. Mas, se você rouba por virtude, oh, então tudo lhe é perdoado! Você deseja *faire fortune*[83] e acumular muitos objetos, isto é, cumprir um dever da natureza e da humanidade. Eis por que no código estão discriminados com toda a clareza os artigos referentes ao roubo por um motivo baixo, por algum pedaço de pão, por exemplo, e o roubo movido por uma alta virtude. Este último está protegido no mais alto grau, estimulado e organizado de modo extraordinariamente firme.

Por que, pois, finalmente — insisto sobre o mesmo ponto — por que, pois, o burguês parece até agora temer algo, não estar à vontade? O que o inquieta? Os fazedores de frases? Mas, agora, ele pode mandá-los ao diabo com um simples pontapé. Os argumentos da razão pura? Mas a razão revelou-se inconsistente ante a realidade e, além disso, os próprios homens de razão, os próprios sábios, começam a ensinar agora que a razão pura nem existe no mundo, que não existem as conclusões da razão pura, que a lógica abstrata é inaplicável à humanidade, que existe a razão de Ivan, de Piotr, de Gustave, mas que a razão pura nunca existiu; que tudo isto não passa de uma invenção do século XVIII, destituída de fundamento.[84] A quem temer então? Aos operários? Mas os próprios operários são, no íntimo, proprietários: todo o seu ideal consiste em se tornar proprietário e acumular o maior número possível de objetos; assim é a natureza. A natureza não é concedida em vão. Tudo isso foi cultivado e educado durante séculos. Uma nacionalidade não se transforma facilmente, não é fácil abandonar hábitos seculares, penetrados na carne e no sangue. Temor aos camponeses? Mas os

[83] "Fazer fortuna". (N. do T.)

[84] Alusão aos ataques dos positivistas às concepções desenvolvidas por Kant na *Crítica da razão pura*. (N. do T.)

Notas de inverno sobre impressões de verão

camponeses de França são arquiproprietários, os proprietários mais embotados, isto é, a melhor e mais completa figura ideal de proprietário que se possa imaginar. Os comunistas? Os socialistas, enfim? Mas essa gente, em seu tempo, fracassou de uma vez, e o burguês, no íntimo, despreza-a profundamente; despreza-a e, no entanto, apesar de tudo, tem medo. Sim, é justamente dessa gente que ele tem medo até hoje. Mas temê-la por quê? Bem que o Abade Sieyès predisse em seu famoso panfleto que o burguês é *tudo*. "*O que é o Tiers État? Nada. O que deve ser? Tudo.*"[85] Pois bem, aconteceu justamente como ele disse. Somente estas palavras, de todas as que se disseram então, é que se realizaram; foram também as únicas a permanecer. E o burguês, apesar disso, parece não acreditar até hoje que tudo o que foi dito após as palavras de Sieyès desapareceu, desfez-se qual bolha de sabão. Com efeito, proclamaram pouco depois dele: *Liberté, égalité, fraternité*. Muito bem. O que é *liberté*? A liberdade. Que liberdade? A liberdade, igual para todos, de fazer o que bem se entender, dentro dos limites da lei. Mas quando é que se pode fazer o que bem se entender? Quando se possui um milhão. A liberdade concede acaso um milhão a cada um? Não. O que é um homem desprovido de milhão? O homem desprovido de milhão não é aquele que faz o que bem entende, mas aquele com quem fazem o que bem entendem. O que se conclui daí? Conclui-se que, além da liberdade, existe a igualdade e justamente a igualdade perante a lei. Quanto a esta igualdade perante a lei, pode-se dizer apenas que, na forma em que ela se pratica atualmente, cada francês pode e deve considerá-la como uma ofensa pessoal. O que subsiste, pois, da fórmula? A fraternidade. Ora, este ponto é o mais curioso e, deve-se confessar, constitui no Ocidente, até hoje, a principal pedra de toque. O ocidental refere-se a ela como a grande for-

---

[85] Citação do panfleto do Abade Sieyès *O que é o Terceiro Estado?*, publicado em 1789, nas vésperas da Revolução Francesa. (N. do T.)

ça que move os homens, e não percebe que não há de onde tirá-la, se ela não existe na realidade. O que fazer, portanto? É preciso criar a fraternidade, custe o que custar. Verifica-se, porém, que não se pode fazer a fraternidade, porque ela se faz por si, concede-se por si, é encontrada na natureza. Todavia, na natureza do francês e, em geral, na do homem do Ocidente, ela não é encontrada, mas sim o princípio pessoal, individual, o princípio da acentuada autodefesa, da autorrealização, da autodeterminação em seu próprio Eu, da oposição deste Eu a toda a natureza e a todas as demais pessoas, na qualidade de princípio independente e isolado, absolutamente igual e do mesmo valor que tudo o que existe além dele. Ora, uma tal autoafirmação não podia dar origem à fraternidade. Por quê? Porque na fraternidade, na fraternidade autêntica, não é uma personalidade isolada, um Eu, que deve cuidar do direito de sua equivalência e equilíbrio em relação a tudo o *mais*, e sim todo este *o mais* é que deveria chegar por si a essa personalidade que exige direitos, a esse Eu isolado, e espontaneamente, sem que ele o peça, reconhecê-lo equivalente e de iguais direitos a si mesmo, isto é, a tudo o mais que existe no mundo. Mais ainda, esta mesma personalidade revoltada e exigente deveria começar por sacrificar todo o seu Eu, toda a sua pessoa, à sociedade, e não só não exigir o seu direito, mas, pelo contrário, cedê-lo à sociedade, sem quaisquer condições. Mas a personalidade ocidental não está acostumada a um tal desenvolvimento dos fatos: ela exige à força o seu direito, ela quer *participar*, e disso não resulta fraternidade. Está claro: ela pode transformar-se? Mas semelhante transformação leva milênios, porque tais ideias devem antes entrar na carne e no sangue para se tornarem realidade. E então, hão de replicar-me vocês: é preciso ser impessoal para ser feliz? Consiste nisso a salvação? Pelo contrário, pelo contrário, digo eu, não só não se deve ser impessoal, mas justamente é preciso tornar-se uma personalidade, e mesmo num grau muito mais elevado do que o daquele que se definiu agora no Ocidente. Compreendam-me: o sacrifício de si mesmo em proveito de todos, um sacrifício autodeterminado, de todo consciente e por ninguém obrigado, é que constitui, a meu ver, o sinal do mais alto desenvolvimento da personalidade, de seu máximo poderio, do mais elevado autodomínio, da mais completa liberdade de seu arbítrio. Somente com o mais intenso desenvolvimento da personalidade se pode sacrificar voluntariamente a vida por todos, ir por todos para a cruz, para a fogueira. Uma personalidade fortemente desenvolvida, plenamente cônscia do seu direito de ser personalidade, que já não tem qualquer temor por si mesma, não pode fazer outra coisa de si, isto é, dar-se outra aplicação, senão entregar-se completamente a todos, para que todos os demais também sejam personalidades igualmente plenas de direitos e felizes. É uma lei da natureza, o homem tende normalmente para isto. Mas há no caso um cabelinho, um cabelinho sutil, mas que, se se introduzir na máquina, fará com que tudo se fenda e desabe de uma vez. Consiste no seguinte: é uma desgraça fazer, neste caso, o menor cálculo sequer, no sentido da vantagem pessoal. Por exemplo: eu me entrego e me sacrifico totalmente, em prol de todos; pois bem, é preciso que eu me sacrifique plena e definitivamente, sem qualquer expectativa de vantagem, sem pensar de modo algum que, se eu sacrifiquei à sociedade toda a minha pessoa, a própria sociedade me devolverá toda essa pessoa. É preciso sacrificar-se justamente de tal modo que se entregue tudo e até se deseje não receber nada de volta, e que ninguém se afane por nossa causa. Mas como fazê-lo? É o mesmo que não se lembrar de um urso branco. Experimentem a seguinte tarefa: não lembrar o urso branco, e vocês verão que o maldito será lembrado a todo momento. Que fazer então? Não se pode fazer nada, mas é preciso *que tudo se faça por si, que exista na natureza*, que seja compreendido inconscientemente na natureza de todo um povo, numa palavra, que haja um princípio fraterno, de amor: é preciso amar. É preciso que se tenda instintivamente à fraternidade, à comunhão, à concórdia, e que se tenda apesar de todos os sofrimentos seculares da nação, apesar da rudez bárbara e da ignorância, que se enraizaram nessa nação, apesar da escravidão secular, das invasões estrangeiras, numa palavra, que a necessidade da comunhão fraterna faça parte da natureza do homem, que este nasça com ela ou tenha adquirido tal hábito através de séculos. Em que consistiria essa fraternidade, se a expuséssemos numa linguagem racional, consciente? Consistiria em que toda personalidade diria à sociedade, por si, sem a menor coação, sem buscar qualquer vantagem: "Somente unidos seremos fortes; tomai-me todo, se precisais de mim, não penseis em mim ao promulgar vossas leis, não vos preocupeis sequer, entrego-vos todos os meus direitos e, por favor, disponde de mim. Eis a minha felicidade suprema: sacrificar-vos tudo, e que isto não vos traga qualquer desvantagem. Vou destruir-me, fundir-me com toda a indiferença, contanto que a vossa fraternidade floresça e não morra". E a fraternidade, ao contrário, deve dizer: "Estás nos dando demais. Não temos direito de não aceitar de ti aquilo que nos entregas, pois tu mesmo dizes que nisso consiste toda a tua felicidade; mas o que fazer se nos dói incessantemente o coração por essa tua felicidade? Toma, pois, tudo de nós também. Vamos esforçar-nos constantemente, com todas as forças, para que tenhas o máximo de liberdade individual, o máximo de autoexpressão. Não temas agora nenhum inimigo, quer entre as pessoas, quer na natureza. Colocamo-nos todos em tua defesa, todos nós garantimos a tua segurança, cuidamos incansavelmente de ti, porque somos irmãos, somos todos teus irmãos, e somos numerosos e fortes; sê plenamente tranquilo e de ânimo rijo, não temas nada e confia em nós". Depois disso, naturalmente, não há mais o que dividir, tudo se dividirá por si. Amai-vos uns aos outros, e tudo isto vos será concedido. Mas, realmente, que utopia, meus senhores! Tudo baseado no sentimento, na natureza, e não na razão. Mas isto parece até uma humilhação da razão. O que

Notas de inverno sobre impressões de verão

lhes parece? É utopia ou não é? Mas, torno a dizer, o que pode fazer o socialista, se o homem ocidental não possui o princípio fraterno, e se, pelo contrário, o que existe nele é um princípio individual, pessoal, que se debilita incessantemente, que exige de espada na mão os seus direitos? Vendo que não há fraternidade, o socialista põe-se a convencer as pessoas à fraternidade. Ele quer produzir, compor a fraternidade. Para fazer um ragu de lebre, é preciso ter em primeiro lugar a lebre. Mas no caso falta a lebre, isto é, uma natureza capaz de fraternidade e que nela acredite, tenda para ela espontaneamente. Desesperado, o socialista começa a elaborar, a definir a fraternidade futura, calcula o peso e a medida, seduz com as vantagens, explica, ensina, relata quantos proveitos advirão a cada um dessa fraternidade, quanto cada um há de ganhar; perscruta o que aparenta cada personalidade e a que ponto tende para o objetivo; avalia de antemão o cômputo dos bens terrestres; quanto cada um há de merecer e quanto deve sacrificar pelos demais, voluntariamente, da sua pessoa, em prol da comunidade. Mas que fraternidade pode haver quando antecipadamente se faz a partilha e se determina quanto cada um merece e o que cada qual deve fazer? Aliás, proclamou-se a fórmula: "Um por todos e todos por um". Aparentemente, não se pode inventar nada melhor, tanto mais que esta fórmula foi tirada inteiramente de um livro de todos conhecido.[86] Mas eis que se começou a aplicar a fórmula e, decorridos seis meses, os irmãos arrastaram ao tribunal Cabet, o fundador da irmandade.[87] Os fourieristas, conta-se,

[86] Alusão ao romance utópico de Étienne Cabet, *Viagem à Icária* (1848), em cuja folha de rosto estava escrito: "Um por todos e todos por um". (N. do T.)

[87] Cabet iniciou, em 1847, uma coleta de dinheiro para a criação de uma colônia comunista no Texas, na América do Norte. O governo francês acusou-o então de chantagem, mas a acusação foi, pouco depois, retirada. (N. do T.)

retiraram os derradeiros novecentos mil francos de seu próprio capital, e ainda estão tentando um meio de constituir a sua fraternidade. Mas não conseguem nada.[88] Está claro que é muito atraente viver em bases puramente racionais, mesmo que não seja de fraternidade, quer dizer, é bom quando garantem a você tudo, exigindo em troca apenas trabalho e concórdia. Mas nisso aparece novamente um problema: o homem fica, ao que parece, completamente garantido, prometem dar-lhe de comer e de beber, proporcionar-lhe trabalho e, em troca, exigem-lhe apenas uma partícula de sua liberdade individual, em prol do bem comum; é de fato apenas uma partícula, uma insignificante partícula. Mas não, o homem não quer viver segundo estes cálculos, dói-lhe ceder mesmo esta partícula. Parece ao néscio que se trata de um degredo, e que viver a seu bel-prazer é sempre melhor. É certo que, em liberdade, espancam-no, não lhe dão trabalho, ele morre de fome e não tem no fundo nenhuma liberdade, mas, apesar de tudo, o original pensa que viver à sua vontade é sempre melhor. Naturalmente, resta ao socialista apenas cuspir e dizer-lhe que é um imbecil, que não cresceu suficientemente, não amadureceu e não compreende a sua própria vantagem; que uma formiga, uma insignificante formiga, privada do dom da palavra, é mais inteligente que ele, pois no formigueiro tudo é tão bom, tudo está arrumado e distribuído, todos estão alimentados, felizes, cada qual conhece a sua tarefa, numa palavra: o homem ainda está longe do formigueiro!

Em outras palavras: ainda que o socialismo seja possível, não o será em França.

E eis que, entregue ao derradeiro desespero, o socialista proclama finalmente: *Liberté, égalité, fraternité ou la mort*. Bem, aí não se tem mais o que dizer, e o burguês triunfa definitivamente.

---

[88] Alusão à colônia fundada por partidários de Fourier no Texas em 1853, e que se desfez durante a Guerra de Secessão. (N. do T.)

E, se o burguês triunfa, quer dizer que se realizou literalmente, com toda a exatidão, a fórmula de Sieyès. Pois bem, se o burguês é tudo, por que ele se confunde e se encolhe, de que tem medo? Todos se atrapalham, todos se revelam inconsistentes diante dele. Anteriormente, no reinado de Luís Felipe, por exemplo, o burguês não ficava assim confuso e assustado, e então, como hoje, ele imperava. Mas, naquele tempo, ainda lutava, percebia que tinha inimigos e, da última vez, liquidou-os a fuzil e baioneta, nas barricadas de junho.[89] Mas a batalha terminou e, de repente, o burguês viu que era o único sobre a terra; que não existia nada melhor que ele; que ele era o ideal; que não precisava mais procurar convencer os demais, como outrora, de que ele era o ideal, mas simplesmente posar para o mundo inteiro, tranquila e majestosamente, na forma da beleza suprema e das maiores perfeições humanas. Como queiram, era uma situação confusa. Salvou-o Napoleão III. Este como que lhes caiu do céu, como a única saída das dificuldades, como a única possibilidade do momento. Desde então, o burguês prospera, paga terrivelmente caro por essa prosperidade e a tudo teme, justamente por ter alcançado tudo. Quando se alcança tudo, torna-se penoso tudo perder. Disto se conclui diretamente, meus amigos: quem mais teme é aquele que mais prospera. Não riam, por favor. Mas o que é, atualmente, o burguês?

---

[89] Alusão à revolta operária de Paris, de 23 a 26 de junho de 1848, esmagada pelo governo republicano francês. (N. do T.)

7.
CONTINUAÇÃO DO ANTERIOR

E por que *existem entre os burgueses tantos lacaios*, e de tão nobre aparência? Por favor, não me acusem, não gritem que exagero e calunio, que fala em mim o ódio. Contra o quê? Contra quem? Por que o ódio? Simplesmente, há muitos lacaios. A condição de lacaio penetra cada vez mais a natureza do burguês, e cada vez mais se considera uma virtude. E assim deve ser, nas condições atuais. É uma consequência natural. E o principal, o principal é que a natureza ajuda. Eu já não digo, por exemplo, que no burguês há muita capacidade inata de espionar. A minha opinião consiste justamente em que o extraordinário desenvolvimento da espionagem em França, e não uma espionagem comum, mas com maestria, uma espionagem por vocação, que atingiu a arte e que tem seus métodos científicos, deriva ali de uma inata condição de lacaio. Qual é o Gustave idealmente nobre que, não tendo ainda acumulado bens, não entregará imediatamente por dez mil francos uma carta da sua amada ou não entregará a amante ao marido? É possível que eu exagere ao dizer isto, mas é possível também que me baseie em alguns fatos. O francês gosta extremamente de correr na frente, para ser visto por uma autoridade, e cometer diante dela um ato de lacaio, mesmo de todo desinteressadamente, mesmo sem esperar uma recompensa imediata, mas a crédito. Lembrem-se, por exemplo, de todos esses caçadores de cargos, nos diferentes governos que se sucedem ultimamente em França, e com muita frequência. Lembrem-se de que expedientes e genufle-

Notas de inverno sobre impressões de verão

xões usavam, e que eles mesmos confessaram. Lembrem-se de um dos jambos de Barbier[90] a este respeito. Apanhei de uma feita num café um jornal de 3 de julho. Vi que trazia correspondência de Vichy. Em Vichy estava então o imperador, passando uma temporada, naturalmente com a corte; havia passeios a pé e a cavalo. O correspondente descreve tudo isto. Eis como ele começa:

> Temos muitos cavaleiros notáveis. Está claro que vocês imediatamente pensaram no mais brilhante de todos. Sua Majestade passeia todos os dias, acompanhado de seu séquito etc.

É compreensível, vá lá, que ele se entusiasmasse com as brilhantes qualidades de seu imperador. É lícito venerar-lhe a inteligência e prudência, as perfeições etc. Não se pode dizer na cara, a um senhor tão entusiasmado, que ele está fingindo. "É a minha convicção e está acabado", é o que ele vai lhes responder, sem tirar nem pôr, como lhes responderão também alguns dos nossos jornalistas contemporâneos. Vocês compreendem: ele está garantido; tem o que responder a vocês, para lhes calar a boca. A liberdade de consciência e de pensamento é a primeira, a mais importante das liberdades. Mas, neste caso preciso, o que lhes pode responder? Aqui, ele não considera mais as leis da realidade, atenta contra toda verossimilhança, e faz isto deliberadamente. E por que o faz deliberadamente? Certamente ninguém lhe dará crédito. O próprio cavaleiro, certamente, não há de lê-lo e, ainda que o faça, será possível que o francesinho, autor da *correspondence*, o jornal que a publicou e a redação desse mesmo jornal sejam tão estúpidos que não percebam que o soberano não necessita de modo algum da glória de primeiro cavaleiro em Fran-

[90] Trata-se do poeta francês Henri-Auguste Barbier (1805-1882), famoso sobretudo pela coletânea *Iambes* (1831). (N. do T.)

ça; que, entrado em anos, ele nem conta com essa glória e, naturalmente, não acreditará, mesmo que se procure convencê-lo disto, ser o mais ágil cavaleiro de toda a França? Dizem que é um homem muito inteligente. Não, no caso, o cálculo é outro: que seja inverossímil, ridículo, que o próprio soberano leia com repugnância e com um riso de desdém, vá lá, vá lá, mas, em compensação, verá uma cega fidelidade, um ajoelhar-se ilimitado, servil, estúpido, inverossímil, mas sempre um *cair de joelhos*, e isto é o mais importante. Agora, julguem vocês: se isto não fizesse parte do espírito da nação, se uma tão ignóbil lisonja não se considerasse plenamente possível, habitual, cotidiana e até decente, teria sido possível publicar tal correspondência num jornal parisiense? Onde vocês encontrarão na imprensa semelhante lisonja, a não ser em França? Falo do espírito da nação, justamente porque não é apenas um jornal que usa tal linguagem, mas quase todos, com exceção de dois ou três menos dependentes.

Eu estava certa vez sentado num restaurante: não era mais em França, mas na Itália, havendo, porém, numerosos franceses à mesa. O assunto era Garibaldi. Então, falava-se muito em Garibaldi. Foi umas duas semanas antes de Aspromonte.[91] Naturalmente, falava-se de um modo misterioso; alguns permaneciam em silêncio, não desejando absolutamente emitir uma opinião; outros balançavam a cabeça. O sentido geral da conversa era que Garibaldi se lançara numa empresa arriscada, imprudente até; mas, naturalmente, expressavam esta opinião por meio de alusões apenas, pois Garibaldi era tão superior a todos que seria capaz de tornar razoável mesmo aquilo que, segundo as concepções correntes, é até ar-

---

[91] A batalha de Aspromonte foi travada, em 20 de agosto de 1862, entre as tropas reais e os voluntários de Giuseppe Garibaldi, que pretendia marchar sobre Roma (então ocupada pelo Papa, auxiliado por um corpo expedicionário francês). Garibaldi foi ferido e aprisionado, sendo libertado em outubro, em virtude de uma anistia. (N. do T.)

riscado demais. Pouco a pouco, passaram a comentar a personalidade de Garibaldi. Puseram-se a enumerar as suas qualidades; a conclusão era bastante favorável ao herói italiano.

— Não, apenas uma coisa me surpreende nele — disse em voz alta um francês, de aparência agradável, imponente, de uns trinta anos, tendo impressa no rosto aquela extraordinária nobreza que salta aos olhos, raiando a insolência, em todos os franceses. — Ele possui um traço de caráter que me surpreende acima de tudo!

Naturalmente, todos se voltaram curiosos para o orador.

A nova qualidade, descoberta em Garibaldi, devia interessar a todos.

— Em 1860 ele dispôs por algum tempo, em Nápoles, do poder[92] mais ilimitado e incontrolado. Teve então nas mãos uma quantia de vinte milhões, dos fundos do Estado! Não dava contas a ninguém de toda essa quantia! Podia tomar e esconder quanto quisesse e ninguém lhe teria dito nada! Mas ele não tirou nada e entregou ao governo o dinheiro contado até o derradeiro sou.[93] É quase inconcebível!!

Os seus olhos até se incendiaram quando se referiu aos vinte milhões de francos.

Naturalmente, pode-se contar o que se quiser sobre Garibaldi. Mas dizer o seu nome, a par de alusões a larápios da burra do Estado... está claro que somente um francês podia fazê-lo.

E com que ingenuidade, com que sinceridade ele o disse. Tudo se perdoa em troca da sinceridade, mesmo a perda da capacidade de compreender e de sentir a verdadeira honra; mas, olhando aquele rosto, que se transformara com a

---

[92] Giuseppe Garibaldi entrou em triunfo em Nápoles, em 7 de setembro de 1860, e encabeçou, até 2 de novembro, o governo revolucionário na cidade. (N. do T.)

[93] Moeda francesa de cinco cêntimos. (N. do T.)

lembrança dos vinte milhões, pensei de todo involuntariamente: "O que seria, irmão, se em lugar de Garibaldi você
estivesse então junto à burra do Estado?!".

Vocês me dirão que é mais uma mentira, que tudo isto
são apenas fatos isolados, que em nosso meio acontece exatamente o mesmo e que eu não posso garantir, em relação a
todos os franceses, a veracidade do que afirmo. De fato, está
certo, e eu não falo de todos. Em toda a parte existe a nobreza
inexplicável, e é possível que tenham sucedido até coisas piores em nosso meio. Mas por que, por que promover isto a
virtude? Sabem o que penso? Pode-se até ser um canalha e
não perder o sentimento de honra; e há um número muito
grande de homens honestos, mas que perderam de todo o sentimento de honra, e por isso procedem ignobilmente, não sabendo o que fazem, por virtude. O primeiro, naturalmente,
é mais depravado, mas o segundo, como queiram, é mais desprezível. Semelhante catecismo de virtude constitui mau sin-
toma na vida de uma nação. E, quanto a tratar-se de casos
isolados, não quero discutir com vocês. Até uma nação inteira
é constituída apenas de casos isolados, não é verdade?

Eis até o que estou pensando. É possível que me tenha
enganado também quanto ao fato de que o burguês se encolhe, de que ainda vive temendo algo. Realmente, ele se encolhe e tem medo, mas, se fizermos as contas, o burguês está em
plena prosperidade. Embora ele se engane a si mesmo, embora comunique a si a todo momento que tudo vai bem, isto não
prejudica em nada a sua autoconfiança exterior. Mais ainda:
mesmo interiormente, torna-se de todo autoconfiante. De que
modo isto se concilia nele é realmente um problema, mas assim é. Em geral o burguês não é nada estúpido, mas tem como
que uma inteligência curtinha, como que fragmentada. Possui uma reserva desmesurada de conceitos prontos, qual lenha para o inverno, e pretende seriamente viver com eles até
mil anos. Aliás, não se deve falar em mil anos: é raro o burguês referir-se aos mil anos, a não ser quando incide na elo-

quência. *"Aprés moi le déluge"* é muito mais utilizável e aplica-se com maior frequência. E que indiferença a tudo, que interesses passageiros, vazios. Aconteceu-me em Paris frequentar a sociedade, numa casa aonde acorria então muita gente. Todos davam a impressão de temer falar de algo inusual, que não fosse muito miúdo, de quaisquer interesses gerais, bem, de alguns interesses sociais. No caso, parece-me, não podia tratar-se de medo de espiões, mas simplesmente todos estavam desacostumados de pensar ou falar mais seriamente sobre algo. Aliás, havia ali pessoas extremamente interessadas em saber que impressão me causara Paris, a que ponto eu estava imerso em adoração, perplexo, esmagado, aniquilado. O francês pensa até hoje que ele é capaz de esmagar e aniquilar moralmente. Isso constitui também um sinal bastante curioso. Lembro-me particularmente de um velhinho muito simpático, amável, bondoso, e de quem gostei sinceramente. Espiava-me bem nos olhos, pedindo a minha opinião sobre Paris, e ficava extremamente aborrecido quando eu não expressava um entusiasmo especial. O seu rosto bondoso expressava até sofrimento, literalmente sofrimento, não exagero. Ó simpático Mr. Le M...re! Nunca se consegue convencer um francês, isto é, um parisiense (pois, em essência, todos os franceses são parisienses) de que ele não é a primeira pessoa em todo o globo terrestre. Aliás, ele sabe muito pouco a respeito de todo o globo terrestre, com exceção de Paris. E não tem muita vontade de saber. Isto constitui uma particularidade nacional e, mesmo, a mais característica. Mas — que digo? — a particularidade mais característica do francês é a eloquência. O amor à eloquência é inextinguível nele e a cada ano mais se inflama. Eu gostaria muito de saber quando, precisamente, teve início em França esse amor à eloquência. Está claro que o mais importante começou com Luís XIV. Realmente, assim é. Mas o mais admirável de tudo é que também em toda a Europa tudo tenha começado com Luís XIV. E eu não consigo compreender com que foi que este rei se destacou assim! Bem que ele não era muito superior a todos os reis que o precederam. Talvez tenha sido o fato de ter sido o primeiro a dizer: *"L'État c'est moi"*.[94] Isto agradou extremamente, isto sobrevoou então toda a Europa. Creio que ele se tornou glorioso com esta única frasezinha. Até em nosso país ela se tornou conhecida com surpreendente rapidez. Aquele Luís XIV foi o mais nacional dos soberanos, plenamente de acordo com o espírito francês, de sorte que eu nem compreendo como puderam ocorrer em França todas aquelas pequenas traquinagens... bem, as do fim do século passado. Brincaram um pouco e voltaram ao espírito que anteriormente dominava; tudo tende para isto; mas a eloquência, a eloquência, oh, é a pedra de toque do parisiense! Ele está pronto a esquecer tudo o que passou, tudo, tudo, está pronto a manter as conversas mais sensatas e tornar-se o menino mais obediente e aplicado, mas até hoje não consegue de modo algum esquecer a eloquência, unicamente a eloquência. Tem saudade da eloquência, suspira por ela, lembrando Thiers, Guizot, Odilon Barreaux.[95] Quanta eloquência havia então, diz às vezes consigo mesmo, e fica pensativo. Napoleão III compreendeu-o, decidiu imediatamente que Jacques Bonhomme não devia ficar pensativo, e aos poucos tornou a instituir a eloquência. Para tal fim, o corpo legislativo tem seis deputados liberais, seis deputados liberais permanentes, invariáveis, autênticos, isto é, deputados de tal estofo que talvez nem se consiga suborná-los. Mas são apenas seis: eram seis, são seis atualmente e continuarão sendo apenas seis[96] mais não haverá, podem

[94] "O Estado sou eu". (N. do T.)

[95] Políticos muito populares, expoentes da oratória parlamentar francesa, nas décadas de 1830 e 1840. (N. do T.)

[96] No reinado de Napoleão III, as eleições parlamentares realizavam-se sob um regime de coação contra os oponentes republicanos, e até 1863 havia no corpo legislativo apenas cinco deputados da oposição republicana (e não seis, como escreveu Dostoiévski). (N. do T.)

Notas de inverno sobre impressões de verão

ficar tranquilos, e menos também não. À primeira vista, parece uma coisa muito engenhosa. Mas, na realidade, é bem mais simples e realiza-se com auxílio do *suffrage universel*. Naturalmente, foram tomadas as devidas providências para que eles não falem demais. Permite-se, porém, tagarelar um pouco. Anualmente, no devido tempo, discutem-se importantíssimas questões de Estado, e o parisiense é presa então de uma doce inquietação. Ele sabe que haverá eloquência e se alegra. Naturalmente, sabe muito bem que haverá apenas eloquência e nada mais; que haverá palavras, palavras e mais palavras, das quais não resultará absolutamente nada. Mas ele está muito, muito contente mesmo com isto. E é o primeiro a achar que tudo isto é muito sensato. Alguns discursos destes seis representantes gozam de especial popularidade. E o próprio representante está sempre pronto a proferir discursos para divertir o público. É estranho: ele mesmo está plenamente certo de que nada resultará dos seus discursos, que tudo isto é apenas brincadeira, uma brincadeira e nada mais, um jogo inocente, um baile de máscaras, e no entanto ele fala, fala anos seguidos, de maneira admirável, com grande prazer. E todos os parlamentares que o escutam sentem tamanho prazer que até a saliva lhes escorre pela boca. "Fala bem o homem!", e escorre a saliva do presidente e de toda a França. Mas eis que o representante acabou de falar, e ergue-se o preceptor destas crianças simpáticas e bem-comportadas. Ele declara solenemente que a composição sobre o tema proposto, "O Nascer do Sol", foi admiravelmente desenvolvida pelo respeitável representante. "Ficamos espantados com o talento do respeitável orador", diz ele, "com os seus pensamentos e com o bom comportamento expresso por estes pensamentos, deliciamo-nos todos, todos... Mas, embora o respeitável orador mereça plenamente, como recompensa, um livro com a inscrição: 'Pelo bom comportamento e sucesso nos estudos', apesar disso, meus senhores, o discurso do respeitável representante, segundo algumas considerações elevadas, não presta para nada. Espero, senhores, que estejais plenamente de acordo comigo". Nesse ponto, dirige-se a todos os representantes, e o olhar começa a faiscar-lhe de severidade. Os representantes, cuja baba escorrera, no mesmo instante aplaudem delirantemente o preceptor, e agradecem e apertam sensibilizados as mãos ao representante liberal, pelo prazer que lhes proporcionou, e pedem que o mesmo liberal lhes proporcione prazer mais uma vez, com a permissão do preceptor. Este permite-o com benevolência; o autor da descrição sobre o tema "O Nascer do Sol" retira-se, orgulhoso do seu êxito, retiram-se também os representantes, lambendo os beiços, vão para a intimidade das suas famílias, e à noitinha, cheios de alegria, passeiam de braço com as *épouses* no Palais Royal, ouvindo o murmurejar dos virtuosos repuxozinhos, e o preceptor, depois de um relatório de tudo a quem de direito, declara a toda a França que as coisas vão bem.

Aliás, às vezes, quando se iniciam empresas mais consideráveis, prepara-se também um jogo mais importante. Leva-se a uma das reuniões o próprio Príncipe Napoleão.[97] Este começa de repente a fazer oposição, para grande susto de todos aqueles jovens estudantes. Há um silêncio solene na sala de aula. O Príncipe Napoleão faz liberalismo, não concorda com o governo, acha necessário isto e mais aquilo. O príncipe condena o governo, numa palavra, diz o mesmo que (supõe-se) poderiam dizer aquelas mesmas simpáticas crianças, se o preceptor saísse ao menos por um instante da sala de aula. Está claro que, mesmo neste caso, tudo está sob medida; e a própria suposição é um absurdo, pois todas aquelas simpáticas crianças estão educadas de modo tão simpático que não se mexeriam mesmo que o preceptor as deixasse por uma semana. E eis que, mal o Príncipe Napoleão acaba de

---

[97] José Bonaparte (1822-1891), sobrinho de Napoleão I, foi senador no reinado de Napoleão III e proferiu alguns discursos de tendência liberal. (N. do T.)

falar, levanta-se o preceptor e declara solenemente que a composição sobre o tema proposto, "O Nascer do Sol", foi admiravelmente desenvolvida pelo respeitável orador. Ficamos admirados com o talento, as ideias eloquentes e o bom comportamento do graciosíssimo príncipe... Estamos prontos a entregar-lhe um livro pela aplicação e êxito nos estudos mas... e etc., isto é, tudo o que fora dito antes; está claro que todos os alunos aplaudem com um entusiasmo que chega a ser frenético, o príncipe é levado para casa, os bem-comportados alunos vão para casa também, como verdadeiros meninos bem-comportados, e à noitinha passeiam com as *épouses* no Palais Royal, ouvindo o murmurejar dos virtuosos repuxozinhos etc. etc. etc.; numa palavra, reina uma ordem admirável.

De uma feita, perdemo-nos na *salle des pas perdus*[98] e, em lugar da seção criminal, fomos parar na das causas cíveis. Um advogado de cabelo crespo, de borla e capelo, proferia um discurso, esparzindo as pérolas da sua eloquência. O presidente, os juízes, os demais advogados, a assistência nadavam em êxtase. Havia um silêncio de veneração; entramos na ponta dos pés. Tratava-se de um caso de herança: estavam implicados nele uns padres anacoretas. Os padres anacoretas andam agora com muita frequência implicados em processos, sobretudo de herança. Vêm assim à tona os fatos mais escandalosos e repulsivos; mas a assistência permanece calada e escandaliza-se muito pouco, porque os padres anacoretas têm agora considerável poder, e o burguês é extremamente bem comportado. Os padres firmam-se cada vez mais na opinião de que um capitalzinho é o melhor de tudo, melhor que todos estes sonhos e o mais, e que, juntando-se um dinheirinho, pode-se também ter força — e então para que se há de querer a eloquência?! A eloquência pura e simples não pode vencer hoje em dia. Mas, neste último caso, eles estão a meu ver

[98] A Sala dos Passos Perdidos, sala de espera do Foro de Paris. (N. do T.)

um pouco enganados. Naturalmente, é muito bom ter um capitalzinho, mas também com eloquência se pode obter muito do francês. As *épouses*, na maioria, ficam agora sob a influência dos padres anacoretas até num grau mais acentuado que antes. Há esperança de que o próprio burguês se volte para isto. Expunha-se no processo como os anacoretas, por meio de uma pressão continuada, ladina e mesmo científica (têm ciência para tanto), se impuseram ao espírito de uma bela e assaz endinheirada senhora, como a seduziram a ir morar no mosteiro deles, como a assustaram ali até a doença, até a histeria, tudo isto de maneira calculada, numa sequência estudada cientificamente; como a reduziram por fim à idiotia e lhe disseram que ver os parentes era um grande pecado perante o Senhor; e aos poucos afastaram-na completamente deles. "Mesmo a sua sobrinha, esta alma virginal, infantil, este anjo de pureza e inocência com quinze anos de idade, mesmo ela não ousava entrar na cela de sua adorada tia, que a amava acima de tudo no mundo e que, em consequência de covardes manejos, não podia mais abraçá-la e beijar-lhe o *front* virginal, onde residia o anjo alvo da inocência..." Numa palavra, tudo neste gênero; era admirável. O próprio advogado que discursava derretia-se evidentemente com a alegria de saber falar tão bem, derretiam-se o presidente, o público. Os padres anacoretas perderam a batalha unicamente por causa da eloquência. Naturalmente, eles não se desencorajaram. Perderam uma causa, ganharão quinze.

— Quem é o advogado? — perguntei a um jovem estudante, um dos que o ouviam com veneração.

Havia ali muitos estudantes, todos de ar bem-comportado. Ele me olhou espantado

— Jules Favre![99] — respondeu afinal, com uma compai-

---

[99] Jules Favre (1809-1880), político francês, famoso orador e advogado, era desde 1858 um dos cinco deputados da oposição. Desempenharia um papel importante, após a queda de Napoleão III. (N. do T.)

Notas de inverno sobre impressões de verão

xão tão desdenhosa que eu, naturalmente, fiquei encabulado. Deste modo tive a oportunidade de conhecer as flores da eloquência francesa, por assim dizer, na sua fonte principal.

Mas tais fontes são infinitas. O burguês está corroído de eloquência até a ponta das unhas. Um dia, entramos no Panteão, para ver os grandes homens. Não estávamos no horário e cobraram-nos dois francos. A seguir um decrépito e respeitável inválido apanhou as chaves e levou-nos aos jazigos. Pelo caminho, ele ainda falava como gente, apenas mastigando um pouco as palavras, por falta dos dentes. Mas, descendo para os jazigos, cantou, mal nos aproximamos do primeiro túmulo:

— *Ci-gît Voltaire*,[100] esse grande gênio da bela França. Ele extirpou os preconceitos, aniquilou a ignorância, lutou com o anjo das trevas, tendo na mão o archote da ilustração. Em suas tragédias, atingiu o sublime, embora a França já tivesse tido Corneille.

Dizia evidentemente o que decorara antes. Alguém lhe escrevera algum dia, num papelzinho, aquela arenga, e ele a memorizara para toda a vida; o rosto velho e bonachão brilhou-lhe de prazer quando começou a expor-nos o seu elevado estilo.

— *Ci-gît Jean-Jacques Rousseau* — prosseguiu, acercando-se de outro sepulcro. — *Jean-Jacques, l'homme de la nature et de la verité*![101]

Tive, de repente, vontade de rir. Com um estilo elevado, pode-se tornar tudo vulgar. Ademais, era evidente que o pobre velho, ao falar da *nature* e da *verité*, decididamente não compreendia do que se tratava.

[100] "Aqui jaz Voltaire". (N. do T.)

[101] "Aqui jaz Jean-Jacques Rousseau (...) Jean-Jacques, o homem da natureza e da verdade." Alusão ao seguinte trecho das *Confissões* de Rousseau: "Je veux montrer à mes semblables un homme dans toute la vérité de la nature; et cet homme ce sera moi" ("Quero mostrar a meus semelhantes um homem em toda a verdade da natureza; e este homem serei eu"). (N. do T.)

— É estranho! — disse-lhe eu. — Destes dois grandes homens, um chamou, durante toda a vida, o outro de mentiroso e mau, e o segundo chamava o primeiro simplesmente de imbecil.[102] E ei-los quase lado a lado.

— *Monsieur, monsieur*! — observou o inválido, querendo retrucar algo, mas não o fez e conduziu-nos bem depressa para o sepulcro seguinte.

— *Ci-gît Lannes*, o marechal Lannes[103] — cantou ele mais uma vez —, um dos maiores heróis que já teve a França, tão ricamente provida de heróis. Não foi apenas um grande marechal, o mais hábil dos cabos-de-guerra, excetuando-se o grande imperador, mas gozou de uma felicidade ainda mais alta. Era amigo...

— Sim, foi amigo de Napoleão — disse eu, querendo encurtar o discurso.

— *Monsieur*! Deixe-me falar — interrompeu-me o inválido, com voz que parecia um tanto ofendida.

— Fale, fale, eu ouço.

— Mas ele gozou de uma felicidade ainda mais alta. Era amigo do grande imperador. Nenhum outro de todos os seus marechais teve a felicidade de se tornar amigo do grande homem. Somente o marechal Lannes mereceu esta grande honra. Quando morria pela pátria no campo da luta...

— Sim, uma granada arrancou-lhe as pernas.

— *Monsieur, monsieur*! Deixe-me falar sozinho — exclamou o inválido, a voz quase lastimosa. — É possível que o senhor saiba tudo isto... Mas permita-me também contar!

O original tinha uma vontade terrível de contar aquilo sozinho, embora já conhecêssemos tudo.

— Quando morria pela pátria no campo da luta, o im-

---

[102] A feroz polêmica entre Voltaire e Rousseau durou aproximadamente de 1755 a 1770. (N. do T.)

[103] Jean Lannes, um dos marechais de Napoleão. (N. do T.)

perador, abalado no mais fundo do coração, e chorando a grande perda...

— Foi despedir-se dele — algo me impeliu a interrompê-lo mais uma vez, e eu senti no mesmo instante que procedera mal: tive até vergonha.

— *Monsieur, monsieur*! — disse o velho, olhando-me nos olhos, com uma censura lastimosa, e balançando a cabeça grisalha. — *Monsieur*! Eu sei, estou certo, até, de que o senhor conhece isto talvez melhor do que eu. Mas o senhor mesmo me contratou para que lhe mostrasse tudo: permita-me, pois, falar sozinho. Agora, já falta pouco... Então, o imperador, abalado no mais fundo do coração e chorando (ai, inutilmente) a grande perda, que sofriam ele, o exército e toda a França, acercou-se do seu leito de morte e com a despedida derradeira suavizou os cruéis sofrimentos daquele que morria quase à vista do seu comandante.

— *C'est fini, monsieur*[104] — acrescentou, depois de me lançar um olhar de censura, e passou adiante. — Eis outro túmulo; bem, são... *quelques sénateurs*[105] — acrescentou com indiferença, e acenou displicentemente a cabeça para mais alguns sepulcros próximos.

Toda a sua eloquência se gastara com Voltaire, Jean-Jacques e o marechal Lannes. Era já um exemplo direto, por assim dizer, popular, do amor à eloquência. Será possível que todos aqueles discursos na Assembleia Nacional, na Convenção e nos clubes, em que o povo teve uma participação quase direta e com os quais se reeducou, tenham deixado nele apenas um vestígio: o amor à eloquência pela eloquência?

[104] "Acabou, senhor". (N. do T.)

[105] "Alguns senadores". (N. do T.)

8.
BRIBRI E MA BICHE[106]

E as *épouses*? As *épouses* prosperam, já ficou dito. E a propósito: por que, perguntarão vocês, eu escrevo *épouses* e não mulheres? O estilo elevado, meus senhores. O burguês, ao se expressar em estilo elevado, sempre diz: *mon épouse*. E embora em outras camadas da sociedade se diga simplesmente, como em toda parte: *ma femme*, minha mulher, é melhor acompanhar o espírito nacional da maioria e expressar-se em estilo elevado. Este é mais característico. Ademais, existem outras denominações. Quando o burguês fica sensibilizado ou quer enganar a mulher, chama-a sempre de *ma biche*. E, vice-versa, a mulher amante, num acesso de disposição graciosa e brincalhona, chama o seu simpático burguês de *bribri*, o que deixa o burguês, por seu lado, muito satisfeito. *Bribri* e *ma biche* estão sempre florescendo, e agora mais do que nunca. Além de se ter estabelecido (e quase sem palavras) que *ma biche* e *bribri* devem, em nossos atribulados tempos, servir de modelo de virtude, concórdia e condição paradisíaca da sociedade, como uma censura viva às ignóbeis invencionices dos absurdos vagabundos comunistas, *bribri* torna-se de ano em ano mais conciliador como esposo. Ele compreende que, por mais que se fale, por mais arranjos que se façam, não se pode conter *ma biche*, que a parisiense foi feita para ter um amante, que é quase impossível que um marido se livre dos

---

[106] "*Bribri*": nome de um passarinho (o verdelhão); e "*ma biche*": "minha corça". (N. do T.)

Notas de inverno sobre impressões de verão

adornos de cabelo; e ele se cala, naturalmente, enquanto não acumulou ainda muito dinheiro nem adquiriu muitos bens. No entanto, depois de cumprido o primeiro e o segundo, *bribri* torna-se em geral mais exigente, porque passa a ter um terrível respeito por si mesmo. E então começa também a olhar de outro modo para Gustave, sobretudo se este é ainda um pé-rapado e não possui muitos bens. Geralmente, o parisiense um pouco entrado em posses, quando deseja casar-se, escolhe também uma noiva de posses. Mais ainda: fazem-se de antemão as contas e, concluindo-se que os francos e os bens se igualam, de uma e outra parte, estas se unem. Isto ocorre também em toda parte, mas ali a lei da igualdade dos pés-de-meia já se tornou um costume especial. Se, por exemplo, a noiva tiver a mais, nem que seja um vintém, não a entregarão a um pretendente que tenha menos, mas procurarão um *bribri* mais vantajoso. Além disso, os casamentos de amor tornam-se cada vez menos possíveis e consideram-se quase indecentes. Transgride-se muito raramente este costume sensato da indispensável igualdade dos pés-de-meia e do matrimônio dos capitais, e eu creio que essas transgressões são bem mais raras ali que alhures. O burguês acomoda muito bem em seu proveito a posse do dinheirinho da mulher. Eis por que ele está disposto, em muitos casos, a fazer vista grossa às aventuras da sua *ma biche* e não notar certos fatos aborrecidos, pois do contrário, isto é, no caso de um divórcio, pode ser formulada desagradavelmente a questão do dote. Ademais, se *ma biche* passa às vezes a se apresentar com um luxo superior às posses do casal, *bribri*, mesmo notando tudo, conforma-se no íntimo: a mulher lhe pedirá menos para vestidos. *Ma biche* torna-se então mais conciliadora. Finalmente, visto que o casamento constitui na maioria dos casos um matrimônio de capitais, e todos se preocupam muito menos com a afinidade entre os nubentes, *bribri* também se dispõe a umas escapadas, longe de *ma biche*. Deste modo, mais vale não se atrapalharem mutuamente. E então há mais concórdia em casa e o balbucio carinhoso dos nomes simpáticos *bribri* e *ma biche* ressoa cada vez com maior frequência entre os esposos. Mas, para se dizer tudo, *bribri* se garantiu admiravelmente mesmo nesta situação. O comissário de polícia está a qualquer momento a seu dispor. Assim é, de acordo com as leis que ele mesmo criou. No último caso, tendo surpreendido os amantes em *flagrant délit*, pode matar a ambos, e nada sofrerá por isto. *Ma biche* sabe disso, e é a primeira a elogiá-lo. Uma tutela de muitos anos reduziu-a a tal estado, que ela não protesta nem sonha, como em outras terras bárbaras e ridículas, estudar por exemplo em universidades e ter assento em clubes políticos e câmaras de deputados. Prefere permanecer na condição atual, nessa condição etérea e, por assim dizer, de canário. Vestem-na, calçam-lhe *gants*,[107] levam-na a passear, ela dança, come bombonzinhos, tratam-na aparentemente como rainha, e, aparentemente, o homem diante dela está reduzido a pó. Este sistema de relações está desenvolvido de modo admiravelmente eficaz e decente. Numa palavra, respeitam-se as normas cavalheirescas. E o que mais se deseja? Ninguém há de lhe tirar o seu Gustave. E ela não necessita de certos objetivos virtuosos, elevados na vida etc. etc. etc.; no fundo, é tão capitalista e amante do dinheiro como o marido. Decorridos os anos de canário, isto é, atingido o ponto em que é impossível enganar-se a si mesma e considerar-se um canário — quando a possibilidade de um novo Gustave se torna decididamente um absurdo, mesmo para uma imaginação das mais ardentes, das mais cheias de amor-próprio —, *ma biche* sofre uma transformação repentina ruim. Somem-lhe a faceirice, os vestidos de luxo, o espírito brincalhão. Na maioria dos casos, torna-se bem má, bem dona de casa. Vai às igrejas, junta dinheiro com o marido, e surge-lhe de chofre certo cinismo: aparecem de súbito cansaço, despeito, rudes instintos, falta de objetivo, falas cínicas, algumas delas

---

[107] "Luvas". (N. do T.)

Notas de inverno sobre impressões de verão

tornam-se até relaxadas. Naturalmente, nem sempre é assim; está claro que também se dão casos admiráveis; é verdade que em toda parte existem tais relações sociais, mas... ali, tudo está mais em seu próprio solo, é mais original, autóctone, completo, ali tudo isto é nacional. Ali está a fonte, o embrião, das formas sociais burguesas que imperam agora em todo o mundo, manifestando-se como uma imitação eterna da grande nação.

Sim, exteriormente, *ma biche* é uma rainha. É difícil conceber que refinada delicadeza, que insistente atenção a rodeiam por toda parte, quer em sociedade, quer na rua. Há um refinamento surpreendente; por vezes, isto chega a um tal comportamento de Manilov[108] que certas almas honestas não o tolerariam. O evidente embuste, a falsificação, iriam ofendê-las até o mais fundo do ser. Mas a própria *ma biche* é uma grande embusteira, e... é justamente disso que ela precisa... Sempre há de tirar as suas vantagens, e preferirá sempre um embuste a ir honestamente para a frente: a seu ver, é mais seguro, além de mais divertido. Pois o jogo, a intriga, são tudo para *ma biche*; nisso consiste o essencial. É por esta razão que ela se veste assim e anda assim na rua. *Ma biche* é maneirosa, afetada, completamente artificial, mas é justamente isto o que seduz sobretudo homens *blasés* e em parte pervertidos, que perderam o gosto pela beleza fresca, direta. *Ma biche* é de uma formação muito deficiente; tem cabecinha e coraçãozinho de pássaro; em compensação, é graciosa e possui inumeráveis segredos de expedientes tais e de tais artifícios que você se rende e segue-a como uma novidade picante. É raro até que seja bonita. Tem mesmo algo de mau em seu rosto. Mas isto não é nada: esse rosto é móvel, saltitante, e possui no mais alto grau o segredo de fingir o sentimento, a naturalidade. O que nela agrada a você talvez não seja

---

[108] Personagem de *Almas mortas*, de Gógol, símbolo de sentimentalismo, hipocrisia melíflua e preguiça mental. (N. do T.)

o fato de que alcance a naturalidade com esta falsificação, mas o próprio processo de alcançá-la pela falsificação o deixa maravilhado: é a arte que o maravilha. Na maioria dos casos, para o parisiense tanto faz um amor autêntico ou uma boa falsificação do amor. É possível até que a falsificação agrade mais. Em Paris, manifesta-se cada vez mais uma concepção oriental da mulher. A camélia está cada vez mais em moda.[109] "Tome este dinheiro e engane-me bem, isto é, finja o amor", eis o que se exige da camélia. Não se exige quase nada mais da própria *épouse*; pelo menos, satisfazem-se mesmo com isto, e, por conseguinte, autoriza-se silenciosa e condescendentemente a existência de Gustave. Ademais, o burguês sabe que, chegada a velhice, *ma biche* passará a dedicar-se inteiramente aos seus interesses e será sua esforçadíssima colaboradora na tarefa de juntar dinheiro. Mesmo quando moça, ela o ajuda muito. Às vezes, dirige todo o comércio, atrai os fregueses, numa palavra, é a sua mão direita, o empregado número um. Como não perdoar, pois, que haja um Gustave? Na rua, a mulher é intocável. Ninguém a ofenderá, todos se dispersam diante dela, ao contrário do que sucede em nosso meio, onde toda mulher não muito velha não pode dar dois passos na rua sem que alguma fisionomia de ferrabrás ou de arrasta-asa a espie por debaixo do chapéu, propondo-lhe travar conhecimento.

Aliás, apesar da possibilidade de um Gustave, as relações costumeiras, rituais, entre *bribri* e *ma biche*, têm uma forma bastante simpática e, frequentemente, até ingênua. De modo geral, as pessoas no estrangeiro — isto me saltou aos olhos — são quase todas muito mais ingênuas que os russos. É difícil explicar isto com maiores minúcias; cada um deveria observá-lo por si mesmo. *Le russe est sceptique et moqueur,*[110]

---

[109] Alusão à *Dama das Camélias*, peça de Alexandre Dumas Filho. (N. do T.)

[110] "O russo é cético e zombeteiro". (N. do T.)

Notas de inverno sobre impressões de verão

dizem de nós os franceses, e é verdade. Somos mais cínicos, temos menos apreço ao que é nosso, não gostamos dele até, pelo menos não o estimamos muito, sem compreender por quê; agarramo-nos aos interesses europeus e da humanidade em geral, não pertencentes a nenhuma nação, e por isto, naturalmente, reagimos a tudo com frieza, como que por obrigação, e em todo caso mais abstratamente. Aliás, eu também me abstraí do assunto. *Bribri* é, às vezes, extremamente ingênuo. Passeando, por exemplo, ao redor dos repuxozinhos, põe-se a explicar à sua *ma biche* por que os repuxos lançam água para o alto, explica-lhe as leis da natureza, ufana-se, perante ela, com um sentimento nacionalista da beleza do bosque de Boulogne, da iluminação, do jogo de *les grandes eaux*[111] de Versalhes, dos êxitos do Imperador Napoleão e da *gloire militaire*, delicia-se com a curiosidade e prazer que ela manifesta, e fica muito contente com isto. A mais embusteira *ma biche* também trata o esposo com bastante ternura, e isto não com qualquer fingimento, mas com uma ternura desinteressada, não obstante os adornos de cabeça. Está claro que não pretendo, a exemplo do demônio de Le Sage, retirar os telhados das casas.[112] Estou contando apenas o que me saltou aos olhos, a impressão que recebi. "*Mon mari n'a pas encore vu la mer*",[113] diz a você certa *ma biche*, e a sua voz expressa uma lástima sincera, ingênua. Isto significa que o marido ainda não viajou para Brest ou Boulogne, a fim de ver o mar. É preciso saber que o burguês tem algumas necessidades muito ingênuas e sérias, que se transformaram quase num hábito geral da burguesia. Ele possui, por exemplo, além da

[111] Literalmente, "as grandes águas"; trata-se dos grandes repuxos. (N. do T.)

[112] No romance de Le Sage, *O diabo coxo* (1709), o demônio ergue os telhados das casas, dando assim ao personagem principal a possibilidade de ver como vivem os habitantes de Madri. (N. do T.)

[113] "Meu marido ainda não viu o mar". (N. do T.)

necessidade de acumular dinheiro e da necessidade da eloquência, mais duas necessidades legalíssimas, sacramentadas pelo costume geral, e que ele encara de modo extremamente sério, quase patético. A primeira destas necessidades é *voir la mer*, ver o mar. O parisiense às vezes vive e comercia em Paris a vida inteira, sem ver o mar. Ele mesmo não sabe para que precisa vê-lo, mas deseja isso com intensidade, com sentimento, adia a viagem de ano para ano, porque habitualmente os negócios o retêm na cidade, angustia-se, e a mulher partilha sinceramente a sua angústia. Há nisso muito sentimento até, e eu o respeito. Finalmente, consegue um pouco de tempo livre e os meios necessários; prepara-se então e vai por alguns dias "ver o mar". Ao regressar, conta com grandiloquência e entusiasmo as suas impressões à mulher, aos parentes e amigos, e recorda com doçura, a vida inteira, aqueles dias em que viu o mar. Outra necessidade legítima e não menos intensa do burguês, e particularmente do burguês parisiense, é se *rouler dans l'herbe*.[114] Indo para os arredores da cidade, o parisiense gosta extremamente e considera mesmo sua obrigação rolar na grama, executa-o até com dignidade, sentindo que assim se liga *avec la nature*,[115] e fica particularmente satisfeito se alguém o vê. Em geral, fora da cidade, o parisiense considera como sua obrigação imediata tornar-se no mesmo instante mais desembaraçado, mais brincalhão, um tanto valentão até, numa palavra, parecer mais natural, mais próximo de *la nature. L'homme de la nature et de la verité*! Não terá sido a partir de Jean-Jacques que se manifestou no burguês este grande respeito por *la nature*? Aliás, o parisiense se permite estas duas necessidades — *voir la mer* e se *rouler dans l'herbe* — geralmente apenas depois de ter acumulado uma fortuna, numa palavra, depois que ele mesmo começa a se respeitar, a orgulhar-se de si mesmo e a considerar-se uma pessoa hu-

[114] "Rolar na grama". (N. do T.)

[115] "Com a natureza". (N. do T.)

mana. Se *rouler dans l'herbe* torna-se até duas, dez vezes mais doce quando se faz sobre a terra própria, comprada com o próprio trabalho. Em geral, retirando-se dos negócios, o burguês gosta de comprar algum pedaço de terra, ter sua casa, seu jardim, seu muro, suas galinhas, sua vaca. E mesmo que isto possua dimensões mais microscópicas, o burguês repete, com o mais infantil, o mais comovente entusiasmo, a si mesmo e a todos os que convida a visitá-lo: "*Mon arbre, mon mur*",[116] repete isto a todo instante e não cessa de fazê-lo o resto da vida. O mais doce, realmente, é se *rouler dans l'herbe* ali. Para cumprir esta obrigação, arranja indefectivelmente um pequeno gramado na frente da casa. Alguém contou que, no sítio de um burguês, não havia meio de crescer erva no espaço reservado para o gramado. Ele cultivava as ervas, regava-as, trazia mudas de outro lugar: nada pegava na areia do terreno em frente da casa. Então, ele comprou um relvado artificial; foi para tal fim a Paris, encomendou uma rodela de capim, com um *sajem*[117] de diâmetro e, depois do jantar, estendia sempre aquele tapetinho de ervas compridas, a fim de se enganar ao menos e saciar a sua necessidade legítima de rolar na grama. É bem possível que um burguês, nos primeiros momentos de enlevo com a sua propriedade convenientemente adquirida, chegue a este ponto, de modo que, moralmente, não há nisso nada de inverossímil.

E agora, duas palavras também sobre Gustave. Este, naturalmente, é o mesmo que o burguês, quer dizer, caixeiro, comerciante, funcionário, *homme de lettres*, oficial do exército. Gustave é solteiro, mas é aquele mesmo *bribri*. Todavia, não é nisso que consiste o principal, mas no que veste e com o que se fantasia, o que parece agora, que penugem o cobre. O tipo ideal de Gustave modifica-se conforme a época, e sempre se reflete no teatro com o aspecto que tem na sociedade.

[116] "Minha árvore, meu muro". (N. do T.)

[117] Medida russa correspondente a 2,13 m. (N. do T.)

O burguês gosta particularmente do *vaudeville*, mas gosta ainda mais do melodrama. O *vaudeville* discreto e alegre, a única obra de arte quase impossível de transplantar para qualquer outro solo, e que pode viver unicamente no lugar em que nasceu, Paris, ainda que encante o burguês, não o satisfaz plenamente. Apesar de tudo, o burguês considera-o uma bobagem. Ele precisa do sublime, necessita de uma nobreza indescritível, necessita de sentimento, e o melodrama contém tudo isto. O parisiense não pode viver sem melodrama. E o melodrama não morrerá, enquanto viver o burguês. É curioso que o próprio *vaudeville* esteja agora se transformando. Embora ainda seja alegre e muito engraçado, começa a mesclar-se fortemente a ele um outro elemento: a doutrinação moral. O burguês gosta extremamente e considera agora como uma tarefa mais sagrada e necessária ler em cada ocasião azada lições de moral para si e para a sua *ma biche*. Ademais, o burguês tem hoje um poder sem limites, é a força, e os autorezinhos de *vaudevilles* e melodramas são sempre lacaios e lisonjeiam a força. Eis por que o burguês atualmente triunfa, mesmo quando apresentado sob aspecto ridículo, e, no final, sempre lhe relatam que tudo vai bem. É de se supor que tais relatórios acalmem decididamente o burguês. Em cada homem de ânimo fraco e não muito certo do êxito de sua tarefa surge uma necessidade torturante de se convencer, de se animar e acalmar. Ele começa até a acreditar em sinais propícios. É o que sucede neste caso. E no melodrama se apresentam elevados traços de caráter e ensinamentos elevados. Já não é humor; é o triunfo patético de tudo aquilo que *bribri* tanto ama, de tudo aquilo que lhe agrada. O que mais lhe agrada é a tranquilidade política e o direito de juntar dinheiro a fim de arrumar do modo mais sossegado o seu cantinho. Com este espírito se escrevem atualmente os próprios melodramas. E com este mesmo espírito se apresenta agora Gustave. Por meio de Gustave sempre se pode verificar tudo aquilo que, num dado momento, *bribri* considera o ideal de

Notas de inverno sobre impressões de verão

uma indescritível nobreza. Anteriormente, há muito tempo já, Gustave aparecia como um poeta, um artista, um gênio não reconhecido, perseguido, vítima de injustiças. Ele lutava de modo louvável, e sempre por fim a viscondessa, que sofria por ele em segredo, mas pela qual ele manifestava uma indiferença desdenhosa, o unia à sua pupila Cecille, que não possuía vintém mas que se via de repente dona de incontável fortuna. Geralmente, Gustave rebelava-se e recusava o dinheiro. Mas eis que a sua obra foi coroada de êxito na exposição. No seu apartamento, irrompem imediatamente três ridículos milordes, e cada um lhe oferece cem mil francos por um próximo quadro. Gustave ri deles com desdém e, num acesso de amargo desespero, declara que todos os homens são canalhas, indignos do seu pincel, e que ele não submeterá a arte, a sagrada arte, à profanação dos pigmeus, que até então não haviam notado sua grandeza. Mas a viscondessa irrompe também no apartamento e declara-lhe que Cecille está morrendo de amor por ele e que, por isto, é preciso pintar quadros. Nesse momento, Gustave adivinha que a viscondessa, até então sua inimiga, e por causa de quem nenhuma das suas obras era admitida nas exposições, ama-o em segredo; que se vingava dele por ciúme. Naturalmente, Gustave aceita no mesmo instante o dinheiro dos três milordes, após xingá-los mais uma vez, o que os deixa muito contentes; em seguida, corre para junto de Cecille, concorda em aceitar o seu milhão, perdoa a viscondessa, que parte para a sua propriedade rural, e, unindo-se por um matrimônio legítimo, ele passa a ter filhos, uma camiseta de flanela, *bonnet de coton*,[118] e passeia com *ma biche*, à noitinha, junto aos virtuosos repuxozinhos, cujo doce murmurejar de águas lhe recorda provavelmente a continuidade, a firmeza e a quietude da sua felicidade terrena.

Acontece às vezes que Gustave não é um caixeiro, e sim algum órfão perseguido, espancado, mas que tem a alma re-

---

[118] "Barrete de algodão". (N. do T.)

pleta da mais indescritível nobreza. De repente, constata-se que ele não é nenhum órfão, mas filho legítimo de Rothschild. Chegam os milhões. Mas Gustave recusa esses milhões com orgulho e desdém. Para quê? Assim deve ser, para o bem da eloquência. Mas eis que irrompe ali *Mme*. Beaupré, mulher do banqueiro a cujo serviço se encontra Gustave, e que está apaixonada por este. Declara-lhe que Cecille está a ponto de morrer de amor por ele, e que deve ir salvá-la. Gustave adivinha que *Mme*. Beaupré o ama, apanha os milhões e, depois de insultar a todos com as piores palavras, pelo fato de, em todo o gênero humano, não existir outra pessoa com a mesma indescritível nobreza que há nele, vai para junto de Cecille e une-se a ela. A mulher do banqueiro retira-se para a sua propriedade rural. Beaupré triunfa, porquanto a sua mulher, que esteve à beira da perdição, continua pura e impoluta, e Gustave passa a ter filhos e, à noitinha, passeia junto aos virtuosos repuxozinhos, os quais, com o murmurejar das suas águas, lhe recordam que... etc. etc.

Atualmente, a nobreza indescritível é representada com maior frequência por um oficial do exército, um engenheiro militar, ou algo no gênero, no mais das vezes com uniforme e indefectivelmente com uma fitinha da Legião de Honra, "comprada com o próprio sangue". Aliás, essa fitinha é terrível. O seu possuidor dela se envaidece a tal ponto que é impossível viajar com ele no mesmo vagão, sentar-se ao seu lado no teatro ou encontrar-se com ele num restaurante. Por pouco não cospe em você, zomba de você desavergonhadamente, resfolega, sufoca de fanfarronice, de modo que você, finalmente, começa a ter náuseas e um derrame de bílis, e tem que mandar chamar o médico. Mas os franceses gostam muito disto. É admirável, também, que no teatro se dedique agora uma especial atenção a *Monsieur* Beaupré, pelo menos muito mais que antes. Beaupré, naturalmente, juntou muito dinheiro e adquiriu numerosos bens. Ele é direito, simples, um pouco ridículo com seus hábitos burgueses e pelo fato de ser o marido; mas é bondoso, honesto, generoso e indescritivelmente nobre no ato em que deve sofrer com a suspeita de que *ma biche* lhe é infiel. Mas, apesar de tudo, ele se decide generosamente a perdoá-la. Verifica-se, naturalmente, que ela é pura como uma pomba, que apenas brincara um pouco, que se deixara encantar por Gustave e que *bribri*, que a esmaga com a sua generosidade, lhe é mais caro que tudo. Cecille, como antes, não possui vintém, está claro, mas somente no primeiro ato; a seguir, ela já tem um milhão. Gustave é orgulhoso e desdenhosamente nobre, como sempre, mas tem mais fanfarronice, devido à veia militar. O que lhe é mais caro no mundo é a cruz da sua condecoração — comprada com o seu sangue — e *l'épée de mon pére*.[119] Fala dessa espada de seu pai a todo momento, mesmo fora de propósito, em toda parte; você chega a não compreender do que se trata; Gustave xinga, cospe, mas todos se inclinam perante ele, e os espectadores choram e aplaudem (choram, literalmente). Ele não possui vintém, isto é condição *sine qua non*. Mme. Beaupré, naturalmente, está apaixonada por Gustave. Cecille também, mas ele não suspeita do amor de Cecille. Esta choraminga de amor, no decorrer de cinco atos. Cai, finalmente, neve ou algo no gênero. Cecille quer atirar-se pela janela. Sob esta, porém, dois tiros ressoam, e todos acorrem; Gustave sobe lentamente para o palco; pálido, o braço amarrado com gaze. A fitinha, comprada com sangue, brilha em seu paletó. O caluniador e sedutor de Cecille é castigado. Gustave esquece por fim que Cecille o ama e que tudo aquilo são manejos de *Mme*. Beaupré. Mas *Mme*. Beaupré está pálida, assustada, e Gustave adivinha que ela o ama. Mas ressoa um outro tiro. É Beaupré que se suicida de desespero. *Mme*. Beaupré solta um grito, corre para a porta, e eis que surge Beaupré em pessoa trazendo uma raposa morta ou algo no gênero. *Ma biche* nunca esquecerá a lição. Ela aperta-se contra *bribri*, que per-

---

[119] "A espada de meu pai". (N. do T.)

doa tudo. De repente, Cecille torna-se dona de um milhão, e Gustave volta a revelar-se. Não quer se casar, faz manha, xinga com palavras feias. É indispensável que Gustave diga palavras feias e cuspa no milhão, do contrário o burguês não lhe perdoará; haverá insuficiente nobreza indescritível; por favor, não pensem que o burguês se contradiz. Não se inquietem: o casal feliz não poderá dispensar o milhão; este é inevitável e, quando o desfecho se aproxima, sempre surge em forma de recompensa à virtude. O burguês não trairá a si mesmo. Perto do final, Gustave aceita o milhão de Cecille, e a seguir têm início os indefectíveis repuxozinhos, os barretes de algodão, o murmurejar das águas etc. etc. Deste modo, há muito sentimento, nobreza indescritível a valer, e Beaupré, triunfante, que a todos esmaga com as virtudes domésticas; e o principal, o principal é o milhão, em forma de *fatum*, de uma lei da natureza, à qual se dedica toda honra, glória e veneração etc. etc. *Bribri* e *ma biche* saem do teatro completamente satisfeitos, calmos e consolados. Acompanha-os Gustave e, ajudando *ma biche*, alheia, a subir para o fiacre, beija-lhe discretamente a mãozinha... Tudo continua como deve ser.[120]

[120] Em nota à edição soviética de 1956-58 das *Obras reunidas de Dostoiévski*, I. Z. Siérman lembra, citando um artigo de V. Dorovátovskaia-Liubímova ("O burguês francês: material sobre tipos de Dostoiévski", *Litieratúrni Crític*, nº 9, 1936), que Dostoiévski satirizou a obra de vários dramaturgos franceses da época: Ponsard, Augier, Sardou. Na paródia dostoievskiana, é evidente a semelhança com a peça de Augier *O notário Heren*, cujo herói, oficial e cavaleiro da Legião de Honra, amava Cecille, mas recusava-se a casar com ela devido à fortuna da moça; finalmente tudo se acomoda para o bem de todos, a exemplo do que sucede na paródia de Dostoiévski. (N. do T.)

SOBRE O AUTOR

Fiódor Mikháilovitch Dostoiévski nasceu em Moscou a 30 de outubro de 1821, num hospital para indigentes onde seu pai trabalhava como médico. Em 1838, um ano depois da morte da mãe por tuberculose, ingressa na Escola de Engenharia Militar de São Petersburgo. Ali aprofunda seu conhecimento das literaturas russa, francesa e outras. No ano seguinte, o pai é assassinado pelos servos de sua pequena propriedade rural.

Só e sem recursos, em 1844 Dostoiévski decide dar livre curso à sua vocação de escritor: abandona a carreira militar e escreve seu primeiro romance, *Gente pobre*, publicado dois anos mais tarde, com calorosa recepção da crítica. Passa a frequentar círculos revolucionários de Petersburgo e em 1849 é preso e condenado à morte. No derradeiro minuto, tem a pena comutada para quatro anos de trabalhos forçados, seguidos por prestação de serviços como soldado na Sibéria — experiência que será retratada em *Escritos da casa morta*, livro que começou a ser publicado em 1860, um ano antes de *Humilhados e ofendidos*.

Em 1857 casa-se com Mária Dmítrievna e, três anos depois, volta a Petersburgo, onde funda, com o irmão Mikhail, a revista literária *O Tempo*, fechada pela censura em 1863. Em 1864 lança outra revista, *A Época*, onde imprime a primeira parte de *Memórias do subsolo*. Nesse ano, perde a mulher e o irmão. Em 1866, publica *Crime e castigo* e conhece Anna Grigórievna, estenógrafa que o ajuda a terminar o livro *Um jogador*, e será sua companheira até o fim da vida. Em 1867, o casal, acossado por dívidas, embarca para a Europa, fugindo dos credores. Nesse período, ele escreve *O idiota* (1869) e *O eterno marido* (1870). De volta a Petersburgo, publica *Os demônios* (1872), *O adolescente* (1875) e inicia a edição do *Diário de um escritor* (1873-1881).

Em 1878, após a morte do filho Aleksiêi, de três anos, começa a escrever *Os irmãos Karamázov*, que será publicado em fins de 1880. Reconhecido pela crítica e por milhares de leitores como um dos maiores autores russos de todos os tempos, Dostoiévski morre em 28 de janeiro de 1881, deixando vários projetos inconclusos, entre eles a continuação de *Os irmãos Karamázov*, talvez sua obra mais ambiciosa.

SOBRE O TRADUTOR

Boris Schnaiderman nasceu em Úman, na Ucrânia, em 1917. Em 1925, aos oito anos de idade, veio com os pais para o Brasil, formando-se posteriormente na Escola Nacional de Agronomia do Rio de Janeiro. Naturalizou-se brasileiro nos anos 1940, tendo sido convocado a lutar na Segunda Guerra Mundial como sargento de artilharia da Força Expedicionária Brasileira — experiência que seria registrada em seu livro de ficção *Guerra em surdina* (escrito no calor da hora, mas finalizado somente em 1964) e no relato autobiográfico *Caderno italiano* (Perspectiva, 2015). Começou a publicar traduções de autores russos em 1944 e a colaborar na imprensa brasileira a partir de 1957. Mesmo sem ter feito formalmente um curso de Letras, foi escolhido para iniciar o curso de Língua e Literatura Russa da Universidade de São Paulo em 1960, instituição onde permaneceu até sua aposentadoria, em 1979, e na qual recebeu o título de Professor Emérito, em 2001.

É considerado um dos maiores tradutores do russo em nossa língua, tanto por suas versões de Dostoiévski — publicadas originalmente nas *Obras completas* do autor lançadas pela José Olympio nos anos 1940, 50 e 60 —, Tolstói, Tchekhov, Púchkin, Górki e outros, quanto pelas traduções de poesia realizadas em parceria com Augusto e Haroldo de Campos (*Maiakóvski: poemas*, 1967, *Poesia russa moderna*, 1968) e Nelson Ascher (*A dama de espadas: prosa e poesia*, de Púchkin, 1999, Prêmio Jabuti de tradução). Publicou também diversos livros de ensaios: *A poética de Maiakóvski através de sua prosa* (Perspectiva, 1971, originalmente sua tese de doutoramento), *Projeções: Rússia/Brasil/Itália* (Perspectiva, 1978), *Dostoiévski prosa poesia* (Perspectiva, 1982, Prêmio Jabuti de ensaio), *Turbilhão e semente: ensaios sobre Dostoiévski e Bakhtin* (Duas Cidades, 1983), *Tolstói: antiarte e rebeldia* (Brasiliense, 1983), *Os escombros e o mito: a cultura e o fim da União Soviética* (Companhia das Letras, 1997) e *Tradução, ato desmedido* (Perspectiva, 2011). Recebeu em 2003 o Prêmio de Tradução da Academia Brasileira de Letras, concedido então pela primeira vez, e em 2007 foi agraciado pelo governo da Rússia com a Medalha Púchkin, em reconhecimento por sua contribuição na divulgação da cultura russa no exterior.

Faleceu em São Paulo, em 2016, aos 99 anos de idade.

ESTE LIVRO FOI COMPOSTO EM SABON,
PELA BRACHER & MALTA, COM CTP DA
NEW PRINT E IMPRESSÃO DA GRAPHIUM
EM PAPEL PÓLEN NATURAL 80 G/M^2 DA
CIA. SUZANO DE PAPEL E CELULOSE PARA
A EDITORA 34, EM MARÇO DE 2024.